Pedro Páramo

PEDRO PÁRAMO

Edición conmemorativa
70 años

1955 | 2025

EDITORIAL RM & FUNDACIÓN JUAN RULFO

MÉXICO

Setenta años de *Pedro Páramo*

La primera edición de *Pedro Páramo* se terminó de imprimir el 19 de marzo de 1955.[1] La reseña de Edmundo Valadés, primera de todas, apareció 11 días después:[2] "Desconcertante, lista a inquietar a la crítica, está ya en los escaparates la primera novela de Juan Rulfo, *Pedro Páramo*, que transcurre en una serie de transposiciones oníricas, ahondando más allá de la muerte de sus personajes, que uno no sabe en qué momento son sueño, vida, fábula, verdad, pero a los que se les oye la voz a través de la 'perspicacia despiadada de tan sin duda extraordinario escritor'". Valadés glosaba aquí, entre comillas, una frase de la primera solapa de aquella edición, agregando que "su fantasía juega con la realidad en un contrapunto fascinante, con una cierta manera kafkiana –y dicho esto sólo tratando de hallar una referencia que en nada empaña la propia

---

1 En el colofón, donde se agrega que el cuidado de la edición estuvo a cargo de José C. Vázquez y Alí Chumacero, aunque en la p. 152 las líneas 24 y 28 quedaron fuera de lugar, desplazadas hacia abajo, impidiendo la lectura correcta de la parte inferior de esta página.
2 "Tertulia Literaria: la tinta fresca", *Novedades*, 30 de marzo de 1955, segunda sección, pp. 1, 5.

originalidad de Rulfo–". La relación con Kafka, inusual en la crítica mexicana, fue la primera que se hacía entre Rulfo y un autor extranjero.

A Rulfo y Kafka los retomará el autor español Manuel Vilas[3] al participar el 22 de marzo de 2017 en un acto en la Casa de América de Madrid por el Centenario de Juan Rulfo. Su intervención, recogida en video,[4] iniciaba con una reflexión sobre *Pedro Páramo* que es buen ejemplo de la crítica de los escritores, tema poco explorado a no ser, y como pionero, por Ricardo Piglia.[5] Éstas son las palabras de Vilas, con ajustes que facilitan su lectura:

> Bueno, yo pienso en decálogos, como Dios –risas–, que hizo los diez mandamientos… He escrito un pequeño decálogo rulfiano que se basa en mi experiencia de lector de Juan Rulfo, a quien yo… En mi opinión es un hito de la literatura en español. Me parece un gran enigma que haya una genialidad tan grande en estas coordenadas histórico-temporales de la literatura en español. Es para mí una de las grandes… *Pedro Páramo* y *El Llano en llamas*; pero estoy más obsesionado por *Pedro Páramo*.
>
> Me parece maravilloso que eso haya sido escrito en español. Un enorme misterio, una leyenda literaria gigantesca. Entonces voy a intentar explicar en diez puntos mi experiencia de lector apasionado de *Pedro Páramo*. Para mí es probablemente la novela

---

3 La más reciente novela de Vilas, al escribir estas líneas, es *Nosotros*, ganadora del Premio Nadal 2023, Ediciones Destino-Planeta, Barcelona, 2023.
4 www.youtube.com/watch?v=ihnfT45ah9M&t=7s Consultado el 25 de febrero de 2024.
5 En Juan Rulfo, *Una mentira que dice la verdad*, presentación y edición de Víctor Jiménez, Editorial RM, Fundación Juan Rulfo, México, 2023, pp. 13-35. En adelante, *Una mentira*.

más importante en español junto con el Quijote. Creo que son las dos grandes novelas; es lo que me parece. Creo que es un texto de significaciones tan enormes como las que pueden encontrarse en el Quijote. Y voy a intentar explicar por qué.

Primero: El lenguaje está tallado. Hay una elevación de la lengua popular a poesía. Rulfo se inventa una manera de hablar. Se reinventa la lengua española. Ya al principio de *Pedro Páramo* hay una reinvención del español; entras en un universo fascinante por la manera en que se está escribiendo, que no es la normal. Cuando dice: "Ella estaba por morirse y yo en un plan de prometerlo todo", hay ahí unos giros lingüísticos que tienen que ver con una aceleración del lenguaje propia de la poesía. Una reinvención en la que se basa toda la arquitectura narrativa de Rulfo y esa sensación atávica que produce.

Segundo: Cada frase parece una condenación.

Tercero: En Rulfo la muerte no existe. Nada se destruye, todo se transforma. La muerte es sólo una aspiración vaga que no acaba de acreditarse, como si morirse fuese sólo un derecho biológico que no suele concederse a los seres humanos y la razón del desistimiento de ese derecho es desconocida.

Cuarto: *Pedro Páramo* es un poema épico.

Quinto: La novela me recuerda al Kafka de *El castillo*. Los personajes en ambos escritores, Rulfo y Kafka, están viendo cosas que el lector no puede. Pero éste sabe que lo que están viendo los personajes es de orden sobrenatural. Por eso a veces los diálogos dan la sensación de irrealidad. Los diálogos y las observaciones peregrinas de los personajes de Kafka y de Rulfo se parecen.

Sexto: A lo largo de la novela el lector presiente la lejanía de la verdad de los hechos narrados. Pero sólo presentirla nos alegra; aunque la verdad esté muy lejos parece que está. Da la sensación de que pudiera existir algo parecido a la verdad, de la que podrían emanar los hechos narrados.

Séptimo: Nadie se ama en la novela. No existe el amor. Esto me parece bárbaro, tremendo en Juan Rulfo: no existe el amor. La inexistencia del amor –y aquí está la paradoja–, sin embargo, y de manera inesperada, resulta liberadora.

Octavo: Las causas que mueven los hechos son indescifrables. Eso en el supuesto de que existan las causas. Las cosas ocurren desvaneciéndose. Nada ocurre del todo. Da la sensación de que tal vez vaya a pasar algo, pero si pasa es lo mismo que si no pasa.

Noveno: Las mujeres no son conscientes de ser mujeres. De repente los hombres les hacen cosas, pero las cosas que les hacen tampoco son demasiado importantes. Y todo cuanto los hombres les hacen ya ocurrió, es algo lejano, como mucho algo que sólo se recuerda; como el nacimiento, el mismo origen de Juan Preciado. Exactamente igual.

Décimo: El misterio de la soledad es una liturgia que pasa de padres a hijos. El hijo y el padre –y esto es lo que más me gusta de *Pedro Páramo*– son el mismo hombre. Porque no existe el movimiento, no existe la novedad. No existe la vida; sólo una repetición del mismo rostro una y otra vez. Por eso le gustó tanto la novela a Jorge Luis Borges; estaba justo en el plano metafísico que a Borges le gustaba: todo el rato la repetición de un solo ser, de una misma persona: una especie de metafísica violenta, agria y, bueno, en alguna medida, poéticamente catastrófica.

Vilas llevaba unas notas con su decálogo, pero antes deseaba hablar del lugar de la obra de Rulfo en la lengua española, con énfasis en *Pedro Páramo*. Su admiración por la novela es total, pero no quiere abandonar el campo del escritor (distinto, para Piglia, del periodístico y el académico) y decide comparar *Pedro Páramo*, dos veces, con el Quijote.

Nada más lejano a Vilas que la crítica literaria mexicana, habituada a ubicar a Rulfo en un entorno geográfico y temporal estrecho, con escritores de interés apenas local o dentro del banal "realismo mágico". Tales referencias tienen un origen identificable: a partir de la década de 1970 el reconocimiento literario en México se ha resuelto en un marco periodístico reducido a fórmulas repetidas hasta el hastío y a una disputa por el poder. Cuando Ricardo Piglia decía en 1998 que Octavio Paz "no fue otra cosa que un periodista" aludía a esto.[6]

Manuel Vilas no expresaba sólo su aprecio personal por *Pedro Páramo*. El 24 de diciembre de 1999 el suplemento "Babelia" del diario español *El País* había publicado, entre los ejercicios de *fin de siglo* comunes en aquellas fechas, una encuesta a 17 críticos y escritores colaboradores suyos. Se quería saber cuál había sido para ellos "el libro del siglo xx" en español. Doce de los consultados eligieron *Pedro Páramo*, que resultó ganador del título. Esto se ignoró en México, pero hubo una reacción previsible: el 30 de diciembre *La Jornada* publicaba una "encuesta" unipersonal realizada por Arturo García Hernández:

> ¿Cuáles son, según Carlos Monsiváis, los acontecimientos y las personalidades que definen al siglo xx mexicano? [...]
> Asumido el riesgo de "las imprecisiones y las injusticias" que implica "generalizar y al vapor", Monsiváis expone [...]: "en vida literaria e intelectual el listado es abundante: José Vasconcelos,

---

[6] *Una mentira*, p. 25.

Mariano Azuela, Martín Luis Guzmán, Alfonso Reyes, José Gorostiza, Xavier Villaurrutia, Carlos Pellicer, Salvador Novo, Octavio Paz, José Revueltas, Rosario Castellanos, Elena Garro, Jaime Sabines, Carlos Fuentes, Rubén Bonifaz Nuño, Fernando Benítez, Ricardo Garibay. De éstos, algunos cubren espacios amplísimos: Vasconcelos, Reyes, Octavio Paz, desde luego".

Monsiváis, periodista, pertenecía a la hoy extinta Fundación Octavio Paz, creada en diciembre de 1997 por empresarios que reunieron diez millones de dólares, más otro aportado por el presidente Zedillo, y escribió una entusiasta crónica de su acto fundacional.[7] Dos años después reaccionaba a "Babelia" y fue así como en su lista aparecen dos veces Vasconcelos, Reyes y Paz, pero no Rulfo. Y si a la recepción de la crítica española sumamos la de otros países y lenguas el contraste entre México y el extranjero aumenta sin límite, como se puede ver en la sección de esta edición dedicada a las traducciones de *Pedro Páramo*.

Juan Rulfo vivió tres décadas después de aparecer su novela y pudo comparar la recepción de la misma tanto en México como en otros países (ocho traducciones de 1958 a 1962[8]). Añadamos que la crítica nacional adversa a Rulfo consistió sobre todo en negarle la autoría completa de *Pedro Páramo*: se aceptaba que la obra tenía mérito, pero gracias a

---

[7] www.infobae.com/america/mexico/2021/04/01/en-silla-de-ruedas-pero-con-determinacion-asi-fue-la-ultima-aparicion-publica-de-octavio-paz/ Consultado el 25 de febrero de 2024.

[8] Jorge Zepeda, "La recepción inicial de *Pedro Páramo* desde la perspectiva de la tradición crítica" y "La respuesta que vino de afuera", en *La recepción inicial de Pedro Páramo (1955-1963)*, Editorial RM-Fundación Juan Rulfo-UNAM-Conaculta/INBA-Universidad de Guadalajara-Secretaría de Cultura del Estado de Jalisco, México, 2005. En adelante, *La recepción inicial*.

"colaboraciones" –como definir el orden de sus partes– de oscuros protagonistas que sólo olvidaron que a lo largo de 1954 Rulfo entregó siete fragmentos de la novela a tres revistas publicadas en marzo, junio y septiembre, donde su secuencia es la misma que en el libro impreso en marzo de 1955. Los documentos completos de esta historia, con los facsímiles de las páginas de las revistas y los tres adelantos, se encuentran en *Pedro Páramo en 1954*,[9] al lado de las mismas páginas del mecanuscrito original.

Juan Rulfo entregó al Centro Mexicano de Escritores (CME), como requisito de su beca, la copia al carbón, en papel delgado, de su original. Sobre la misma realizó cambios menos numerosos de los que hizo en la versión definitiva, que retuvo más tiempo y donde agregó otros a mano, adicionales a los de la copia.[10] El original a máquina, en papel bond, lo dejó Rulfo al editor en septiembre de 1954.[11] Desconocer la existencia de la copia, con mucho menos intervenciones de Rulfo, llevó al periodista Marco Antonio Campos a afirmar que en el original en papel bond, que conoce por *Pedro*

---

[9] Juan Rulfo, "Un cuento. Fragmento de la novela en preparación *Una Estrella junto a la luna*", en *Las Letras Patrias*, enero-marzo de 1954; "Fragmento de la novela *Los murmullos*", en *Universidad de México*, junio de 1954; "Comala. Fragmentos de la novela en preparación titulada *Los Murmullos*", en *Dintel*, septiembre de 1954, con textos complementarios de Víctor Jiménez, Alberto Vital y Jorge Zepeda, en *Pedro Páramo en 1954*, Editorial RM-Fundación Juan Rulfo-UNAM, México, 2014.

[10] El mecanuscrito tiene 127 cuartillas. La 126 no muestra, en la copia al carbón, ninguna marca a mano, pero sí una veintena sobre el original en bond. La 127 sólo tiene la supresión del párrafo final en la copia al carbón, pero el original bond, además de esa tachadura, tiene 7 marcas a mano en las 7 líneas de esta breve cuartilla.

[11] Juan Rulfo, "*Pedro Páramo* treinta años después", en *La recepción inicial*, p. 337.

Páramo en 1954, la tachadura del último párrafo del mecanuscrito la habría hecho Alí Chumacero, ignorando que la misma supresión aparece ya en la copia entregada al CME días o semanas antes, y de cuya existencia nunca supieron Chumacero y Campos, que aún defiende la antigua lista de "colaboradores" de Rulfo, ahora incluso fallecidos).[12] Con el original se tipografió la primera edición de la novela, que incorporó algunos cambios más (y los errores de la p. 152). En ediciones sucesivas hará Rulfo otros ajustes, menores en cantidad y alcance, al texto y la puntuación. El original obra en posesión de los herederos de Juan Rulfo desde el 3 de abril de 2001.[13]

En el presente volumen se reproducen las páginas de las revistas que publicaron en 1954 los fragmentos de *Pedro Páramo*, ajustadas al tamaño de esta edición. Interesarán a quienes estudian la génesis de la obra, además de ilustrar los esfuerzos de una crítica nacional que sólo imaginaba –aún lo hace– que podría reducir a Juan Rulfo a la altura de sí misma.

---

12 M. A. Campos, "En la memoria de Gonzalo Celorio", *La Jornada Semanal*, 4 de febrero de 2024, pp. 4, 5.

13 Ese día, Gonzalo Celorio, Hernán Lara Zavala y Alba Rojo entregaron a la señora Clara Rulfo, en su casa, los mecanuscritos de *El Llano en llamas* y *Pedro Páramo*, aunque Celorio sostiene (*Mentideros de la memoria*, 2022) que lo hizo en una extravagante escenificación en el Palacio de Bellas Artes el 19 de septiembre de 2001, para no admitir que él los llevó a su propietaria. Y nunca se dijo, ese 3 de abril o cualquier otro día, que la entrega de los mecanuscritos a la señora Rulfo estaría condicionada al regreso de la edición de la obra de Rulfo al FCE, como afirma Celorio. Estos originales se presentaron por primera vez al público en el Instituto de Investigaciones Filológicas de la UNAM el 16 de mayo de 2001, como consignan César Güemes (*La Jornada*, 18 de mayo) y Leticia Olvera (*Gaceta UNAM*, 21 de mayo) en sendos reportajes.

Pedro Páramo

ANTECEDENTES

Las Letras Patrias. Revista trimestral del
Departamento de Literatura y Editorial
del Instituto Nacional de Bellas Artes.
Director: Andrés Henestrosa. Número 1.
Enero-marzo de 1954.

LAS LETRAS PATRIAS

NUMERO

1

ENERO — MARZO DE 1954

Un
CUENTO[1]

DE

Juan RULFO

Fui a Tuxcacuexco porque me dijeron que allá vivía mi padre, un tal Pedro Páramo. Mi madre me lo dijo. Entonces le prometí que iría a verlo en cuanto ella muriera. Le apreté las manos en señal de que lo haría; pues ella estaba por morirse y yo en un plan de prometerlo todo.—"No dejes de ir a visitarlo, me recomendó. Se llama de este modo y de este otro. Estoy segura de que le dará gusto conocerte". Y yo no pude hacer otra cosa sino decirle que sí iría, y de tanto decírselo se lo seguí diciendo aún después que a mis manos les costó trabajo zafarse de sus manos muertas.

Todavía antes me había dicho: "No vayas a pedirle nada. Exígele lo nuestro. Lo que estuvo obligado a darme y nunca me dió... El olvido en que nos tuvo, mi hijo, cóbraselo caro".

—Así lo haré, madre.

Pero no pensé cumplir mi promesa. Hasta que ahora pronto comencé a llenarme de sueños, a darle vuelo a las ilusiones. Y de ese modo se me fue formando un mundo alrededor de la esperanza que era aquel llamado Pedro Páramo, el marido de mi madre.

Por eso fuí a Tuxcacuexco.

[1] Fragmento de la novela en preparación, *Una Estrella junto a la luna*.

U N   C U E N T O

Era ese tiempo de la canícula, cuando el aire de agosto sopla caliente envenenado por el olor podrido de los garambuyos. Las hojas de la saponaria crujen y se desbaratan con el roce del viento. El sol, blanco de luz, quema las sombras escondidas bajo la hierba.

El camino sube o baja según se va o se viene; para el que va, sube, para el que viene, baja.

—¿Cómo dice usted que se llama el pueblo que se ve allá abajo?
—Tuxcacuexco, señor.
—¿Está seguro de que ya es Tuxcacuexco?
—Seguro, señor.
—¿Y por qué se ve esto tan triste?
—Son los tiempos, señor.
Y volvimos al silencio.

Yo trataba de ver aquello a través de los recuerdos de mi madre; de su nostalgia, entre retazos de suspiros. Siempre vivió ella suspirando por Tuxcacuexco, por el retorno; pero jamás volvió. Ahora yo vengo en su lugar. Traigo los mismos ojos con que ella miró estas cosas, porque me dió sus ojos para ver:

"Hay allí, pasando la Sierra, desde el puerto de Los Colimotes, una vista muy hermosa de una llanura verde, algo amarilla por el maíz maduro. Desde allí se ve Tuxcacuexco blanqueando la tierra, iluminándola durante la noche".

Y su voz era secreta, casi apagada, como si hablara consigo misma... Mi madre.

—¿Y a qué va usted a Tuxcacuexco, si se puede saber? oí que me preguntaban.
—Voy a ver a mi padre, contesté.
—¡Ah! dijo él.
Y volvimos al silencio.

Caminábamos cuesta abajo, oyendo el trote rebotado de los burros. Los ojos reventados por el sopor del sueño, en la canícula de agosto.

El sol caía en seco sobre la tierra.

—Bonita fiesta le va a armar, volví a oír la voz del que iba allí a mi lado. Se pondrá contento de ver a alguien después de tantos años que nadie viene por aquí. Luego añadió: Sea usted quien sea, se alegrará de verlo.

En la reverberación del sol, bajo un cielo sin nubes, la llanura parece una laguna transparente deshecha en vapores por donde se trasluce un horizonte gris. Más allá una línea de montañas esfumadas, desvanecidas en la distancia. Y todavía más allá la más remota lejanía.

—¿Y qué trazas tiene su padre, si se puede saber?
—No lo conozco, le dije. Sólo sé que se llama Pedro Páramo.
—¡Ah! vaya.
—Sí, así me dijeron que se llamaba.
Oí otra vez el ¡ah! del arriero.

Me había encontrado con él en Los Encuentros, donde se cruzaban varios caminos. Me estuve allí esperando, hasta que al fin apareció este hombre.

—¿A dónde va usted? le pregunté.
—Voy para abajo, señor.
—¿Conoce un lugar llamado Tuxcacuexco?
—Para allá mismo voy.

Entonces lo seguí. Me figuré que era arriero por los burros que llevaba de vacío, y me fuí detrás de él tratando de emparejarme a su paso. Hubo un rato en que pareció darse cuenta de que lo seguía y disminuyó la prisa de su carrera. Me miró con sus ojos entrecerrados como diciendo: ¡pobre hombre! Después los dos íbamos tan pegados que casi nos tocábamos los hombros.

—Yo también soy hijo de Pedro Páramo, me dijo.

Una bandada de cuervos pasó cruzando el cielo vacío, haciendo cuar, cuar, cuar.

Ahora, enseguida de trastumbar los cerros, bajábamos cada vez más. Habíamos dejado el aire caliente allá arriba y nos íbamos hundiendo en el puro calor sin aire. Todo parecía estar quieto como en espera de algo.

—Buen calor hace aquí, dije.
—Sí. Y esto no es nada, me contestó el otro. Cálmese. Ya lo sentirá cuando lleguemos a Tuxcacuexco. Aquello está sobre las brasas de la tierra, en la mera boca del infierno. Con

decirle que muchos de los que allí mueren, regresan por su cobija.
—¿Quién es Pedro Páramo? le pregunté.
Me atreví a hacerlo porque vi en sus ojos una gota de confianza.
—¿Quién es? volví a preguntar.
—Un rencor vivo, me contestó él.
Y dió un pajuelazo contra los burros, sin necesidad, ya que los burros iban mucho más adelante que nosotros, encarrerados por la bajada.
Sentí el retrato de mi madre guardado en la bolsa de la camisa, calentándome el corazón, como si ella también sudara. Era un retrato viejo, carcomido en los bordes; pero fue el único que conocí de ella. Me lo encontré una vez en el armario de la cocina, metido en una cazuela llena de yerbas: hojas secas de toronjil, flores de castilla, ramas de ruda. Desde entonces lo guardé. Era el único. Mi madre siempre fue enemiga de retratarse. Decía que los retratos eran cosa de brujería. Y así parecía ser; porque el suyo estaba lleno de agujeros como de aguja, y en dirección del corazón tenía uno muy grande en que bien cabía el dedo del corazón.
Es el mismo que traigo aquí, pensando que podría dar buen resultado para reconocerme con mi padre.
—Mire usted, me dice el arriero deteniéndome: ¿Ve aquella loma que parece vejiga de puerco? Pos detracito de ella está la Media Luna. Ahora voltié para acá. ¿Ve la ceja de aquel cerro? Véala. Y ahora voltié para este otro lado. ¿Ve la otra ceja que casi no se ve de lo lejos que está? Bueno, eso es la Media Luna de punta a cabo. Como quien dice, toda la tierra que se puede abarcar con los ojos. Y de él es todo ese terrenal. Lo chistoso es que nuestras madres nos parieron encima de un petate, aunque éramos hijos de él. Y lo más chistoso es que él nos llevó a bautizar. Con usted debe haber pasado lo mismo, no?
—Tal vez. Yo no me acuerdo.
—¡Váyase mucho al diablo!
—¿Qué dice usted?
—Que ya estamos llegando, señor.
—Sí, ya lo veo. ¿Qué pasó por aquí?

—Un correcaminos, señor. Así les dicen a esos pájaros.
—No, yo preguntaba por el pueblo, que se ve tan solo, como si estuviera abandonado. Parece que no lo habitara nadie.
—No es que lo parezca. Así es. Aquí no vive nadie.
—¿Y Pedro Páramo?
—Pedro Páramo murió hace muchos años.

Universidad de México. Órgano oficial de la U. N. A. M. Director: Jaime García Terrés. Volumen VIII, número 10, junio de 1954.

UNIVERSIDAD de México

ÓRGANO OFICIAL DE LA U. N. A. M. • MIEMBRO DE LA ASOCIACION INTERNACIONAL DE UNIVERSIDADES

VOLUMEN VIII • NUMERO 10
MEXICO, JUNIO DE 1954
EJEMPLAR: $1.00

Por Tomás SEGOVIA

La muerte de un poeta siempre me ha parecido más inquietante que las demás. Cuando un poeta ha muerto, la curva de su obra y de su vida se nos presenta, por fin, tan nítida y tan cumplida, que casi nos parece que lo habíamos deseado. Y es que es siempre inquietante esa vida propia que adquiere una obra cuando muere su autor, esa vida cuya creciente realidad parece una especie de venganza.

Ahora, muerto Xavier Villaurrutia, el Fondo de Cultura Económica nos presenta su poesía y su teatro,[1] que vemos por primera vez articularse, organizarse como un cuerpo vivo que se prepara a una larga existencia independiente.

EL MUNDO DE XAVIER VILLAURRUTIA

La calle, lo imprevisto

Nada o casi nada podría decirse respecto del lugar de Villaurrutia en la literatura de habla española, después del prólogo de Alí Chumacero, que tanto conocimiento revela de la obra de este escritor y de su marco cultural. Nos limitaremos a hacer algunos comentarios sobre su perspectiva, su visión del mundo, puesto que tal vez lo más esencial, lo más característico de una obra de arte, más que los temas, más que los principios, más que los tratamientos —o por debajo de todo esto—, es la particular, "inefable" perspectiva que revela sobre la realidad. Y cuando una obra de arte tiene el acento de la de Villaurrutia, cuando esa perspectiva es tan auténtica y tan imborrable, que deja ya para siempre huella, aunque no lo queramos o sepamos, en la nuestra; cuando nos obliga ya para siempre a contar inconscientemente con ella, entonces tenemos la seguridad de encontrarnos ante una obra de verdadera poesía.

Es curioso ver cómo en los *Primeros poemas* el poeta está como distraído, como no sospechando todavía cuál va a ser el verdadero timbre de su voz, ese que pronto todos podrían reconocer. Pero al lector que tiene la perspectiva de la obra acabada le es fácil, claro, rastrear los gérmenes de lo que luego va a ser su poesía, como por ejemplo ese poema en que la "bondad de la vida" le parece consistir en:

[1] Xavier Villaurrutia, *Poesía y teatro completos*. Prólogo de Alí Chumacero. Letras Mexicanas, vol. 13. México, 1953. 840 pp.

Tres generaciones de poetas: Villaurrutia, Paz y González Durán

FRAGMENTO DE LA NOVELA

LOS MURMULLOS

Por Juan RULFO

Estoy acostada en la misma cama donde murió mi madre hace cuarenta y tres años, sobre el mismo colchón; bajo la misma cobija de lana negra con la cual nos tapábamos las dos para dormir. Entonces yo dormía a su lado, en un lugarcito que ella me hacía debajo de sus brazos.

Creo sentir todavía el golpe pausado de su respiración; las palpitaciones y suspiros con que ella arrullaba mi sueño... Creo sentir la pena de su muerte.

Pero esto es falso.

Estoy aquí, boca arriba, pensando en aquel tiempo. Tratando de hacerlo para olvidar mi soledad. Porque no estoy acostada solo por un rato. Y no en la cama de mi madre, sino dentro de un cajón negro como el que se usa para enterrar a los muertos. Porque estoy muerta.

Siento el lugar en que estoy y pienso. Pienso cuando maduraban los limones. En el viento de febrero que rompía los tallos de los helechos, cubiertos de retoños, antes que el abandono los secara; los limones maduros que llenaban con su olor ácido el viejo patio.

El viento bajaba de las montañas en las mañanas de febrero. Y las nubes se quedaban allá arriba, detenidas, esperando el tiempo bueno de bajar al valle; mientras tanto dejaban vacío el cielo azul, dejaban que la luz cayera en el juego del viento haciendo círculos sobre la tierra, removiendo el polvo y batiendo las ramas del viejo naranjo.

Y los gorriones reían; picoteaban las hojas que el aire hacía caer y reían; dejaban entre las espinas de las azaleas sus plumas y perseguían a las mariposas rompiéndoles las alas. Era esa época.

En febrero, cuando las mañanas estaban llenas de viento, de gorriones y de luz azul. Me acuerdo.

Mi madre murió entonces.

Que yo debía haber gritado; que mi llanto debía haber empapado las paredes; que mis manos tenían que haberse hecho pedazos estrujando su desesperación. Así hubieras tú querido que fuese. ¿Pero acaso no era alegre la mañana? Por la puerta abierta entraba el aire, quebrando las guías de la yedra, sacudiendo las flores blancas de los arrayanes. En mis piernas comenzaba a crecer el vello entre las venas, y mis manos temblaban tibias al tocar mis senos. Los gorriones jugaban. En las lomas se mecía el trigo. Me dió lástima que ella ya no volviera a ver el trigo ni el juego del viento en los jazmines; que cerrara los ojos a la luz de los días. ¿Pero por qué iba a llorar? El llanto no se desperdicia en vano.

¿Te acuerdas, Justina? Pusiste las sillas a lo largo del corredor para que la gente que viniera a verla, esperara su turno. Estuvieron vacías. Y mi madre sola, en medio de los cirios; su cara pálida y sus dientes blancos asomándose apenitas entre sus labios morados, endurecidos por la amoratada muerte. Sus pestañas ya quietas y quieto ya el resuello. Tú y yo, allí rezando rezos interminables, sin que ella oyera nada, sin que tú ni yo, oyéramos nada, todo perdido en la sonoridad del viento debajo de la noche.

Planchaste su vestido negro, almidonando el cuello y los puños de sus mangas para que sus manos se vieran nuevas, cruzadas sobre su pecho muerto; su viejo pecho amoroso sobre el que dormí en un tiempo y que me dió de comer y que palpitó para arrullar mis sueños.

Y nadie vino a verla. Así estuvo mejor. La muerte no se reparte como si fuera un bien. Nadie anda buscando tristezas.

Estaban madurando los limones.

Tocaron la aldaba de la puerta. Tú saliste.

—Ve tú, te dije. Yo veo borrosa la cara de la gente. ¿Qué vienen por el dinero de las misas gregorianas? Ella no dejó ningún dinero. Díselos, Justina. Y has que se vayan. ¿Qué no saldrá del purgatorio si no le rezan esas misas? ¿Quiénes son ellos para hacer la justicia, Justina? ¿Dices que estoy loca? Está bien, has lo que quieras.

Y tus sillas se quedaron vacías durante un día y medio hasta que fuimos a enterrarla, con aquellos hombres alquilados, sudando por un peso extraño, ajenos a cualquier pena, cerrando la sepultura con arena mojada; bajando el cajón con la paciencia de su oficio, bajo el aire que les refrescaba su esfuerzo. Sus ojos fríos, indiferentes.

Dijeron: "Es tanto". Y tú les pagaste como quien compra una cosa, desdoblando tu pañuelo húmedo de lágrimas, exprimido y vuelto a exprimir y ahora conteniendo el dinero de los funerales.

Y cuando ellos se fueron, te arrodillaste en el lugar donde había quedado la cara y besaste la tierra y podías haber abierto un agujero hasta ella si yo no hubiera dicho: "Vámonos, Justina, ella está en otra parte, aquí no hay más que una cosa muerta."

—¿Eres tú la que has dicho todo eso Dorotea?

—¿Quién, yo? No. Me quedé dormida un rato. ¿Te siguen asustando?

—Oí a alguien que hablaba. Una voz de mujer. Creí que eras tú.

—¿Voz de mujer? ¿Creíste que era yo? Ha de ser la que habla sola. La de la sepultura grande. Doña Susanita. Está aquí enterrada a nuestro lado. Le ha de haber llegado la humedad y estará removiéndose entre el sueño.

—¿Y quién es doña Susanita?

—La última esposa de Pedro Páramo. Unos dicen que estaba loca. Otros, que no. Lo cierto es que ya hablaba sola desde en vida.

—Debe haber muerto hace mucho.

—¡Uh, sí! Hace mucho. ¿Qué le oíste decir?
—Algo acerca de su madre.
—Pero si ella no tuvo madre. O al menos, no la trajo cuando vino. Pero espérate, ahora me acuerdo que ella nació

dejó cojo como ustedes ven. Y manco como ustedes ven. Pero no me mató. Dicen que hasta se me torció un ojo desde entonces. Lo cierto es que me volví más hombre. El cielo es grande."
—¿Quién será?

sión, lo cierto es que echó fuera a la gente y se sentó en su equipal, cara al camino. Y la tierra se quedó baldía y como en ruinas. Daba pena ver aquella tierra llenándose de achaques con tanta breña y palo pinolillo que la invadió en

Dibujos de Julio Vidrio

aquí, y que ya de añejita desaparecieron. Y sí. Su madre murió de la tisis. Era una señora muy rara que no visitaba a nadie.
—Eso decía ella, que nadie había ido a ver a su madre cuando murió.
—Por el puro miedo de agarrar la tisis, por eso nadie se paró en su casa. Cuando vuelvas a oírla, me avisas, me gustaría saber lo que dice.
—¿Oyes? parece que va a hablar de nuevo. Se oye una voz.
—No, no es ella. Eso viene de más lejos, de por este otro rumbo. Y es voz de hombre. Lo que pasa con estos muertos viejos es que en cuanto se humedecen comienzan a despertar.
"El cielo es grande. Y Dios estuvo conmigo esa noche. Porque fué ya de noche cuando reviví ..."
—¿Lo oyes ya más claro?
—Sí.
"... Tenía sangre por todos lados. Y al levantarme chapoteé con mis manos la sangre regada en las piedras. Y era mía. Montonales de sangre. Pero no estaba muerto. Supe que Pedro Páramo no tenía intenciones de matarme. Sólo de darme un susto. Quería averiguar si yo había estado en Vilmayo dos meses antes. El día de San Cristóbal. En la boda. ¿En cuál boda? ¿En cuál San Cristóbal? Yo chapoteaba en mi sangre y le preguntaba: ¿En cuál boda, don Pedro? Me

—Sabrá Dios. Pedro Páramo causó tal mortandad después que le mataron a su padre, que se dice casi acabó con todos los asistentes a la boda en la que don Lucas Páramo la iba a hacer de padrino. Y eso que a don Lucas nomás le tocó de rebote, porque la cosa era contra el novio. Y como nunca se supo de dónde había salido la bala que le pegó a él, Pedro Páramo arrasó por parejo. Eso fué allá en el cerro de Vilmayo, donde antes estaban unos ranchos que ya desaparecieron... Mira, ahora sí parece ser ella. Tú que tienes los oídos más muchachos, ponle atención. Ya me contarás lo que diga.
—No se le entiende. Parece que no habla, sólo se queja.
—¿Y de qué se queja?
—No lo sé.
—Debe ser por algo. Nadie se queja por nada. Para bien la oreja.
—Se queja y nada más. Tal vez por lo que la hizo sufrir Pedro Páramo.
—No creas. El la quería. Yo creo que nunca quiso a ninguna mujer como a esa. Ya se la entregaron sufrida y quizá loca. Tan la quería, que se pasó el resto de sus años aplastado en un equipal, mirando el camino por donde se la habían llevado al camposanto. Perdió todo interés en todo. Desalojó las tierras y mandó quemar los enseres. Unos dicen que porque se sintió cansado, otros que por desilu-

cuanto la dejaron sola. De ese día para acá se consumió la gente; se desbandaron los hombres en busca de otros "bebederos". Recuerdo veces en que Comala se llenó de "adioses" y hasta nos parecía cosa alegre salir a despedir a los que se iban. Y es que se iban con intenciones de volver. Dejaban sus cosas y su familia. Luego algunos mandaban por la familia aunque no por sus cosas y después parecieron olvidarse del pueblo y de nosotros. Yo me quedé porque no tenía a dónde ir. Otros se quedaron porque aguardaban que Pedro Páramo muriera, pues según decían les había prometido heredarles sus bienes, y con esa esperanza vivieron todavía algunos. Pero pasaron años y años y él seguía vivo, siempre allí, como un espantapájaros frente a las tierras de la Media Luna.
Ya cuando le faltaba poco para morir vinieron las guerras esas de los "cristeros" y la tropa echó rialada con los pocos hombres que quedaban. Fué cuando aquí cambiábamos huevos por tortillas y aún así no nos faltaba el hambre. Fué cuando yo comencé a morirme de hambre y desde entonces nunca me volví a emparejar.
Y todo por los zaquizamís de don Pedro, por sus pleitos de alma. Nomás porque se le murió su mujer, la tal Susanita. Ya tú has de imaginar si la quería.

Dintel. Revista de arte y literatura.
Director: Carlos Ramos Gutiérrez.
Año 1, número 6. Septiembre de 1954.

SUMARIO

Mi Verdad
 Celia LECON
Retablo al Olvido
 J. J. ARAIZA A.
Deseos...
 Jesús ARELLANO
Comala
 Juan RULFO
Notas sobre Libros y Revistas

6

DINTEL

1.50 m. n.
0.15 Dlls.

Septiembre de 1954
México, D. F.

Gabino Barreda 80-13

COMALA

PEDRO PARAMO ESTABA SENTADO en un viejo equipal, junto a la puerta grande de la Media Luna, un poco antes de que se fuera la última sombra de la noche. Estaba solo, quizá desde hacía tres horas. No dormía. Se había olvidado del sueño y del tiempo: "Los viejos dormimos poco, casi nunca. A veces apenas si dormitamos; pero sin dejar de pensar. Eso es lo único que me queda por hacer". Después añadió en voz alta: "No tarda ya. No tarda". Y siguió:

—Hace ya tiempo que te fuiste, Susana. La luz era igual entonces que ahora, no tan bermeja; pero era la misma pobre luz sin lumbre, empañada, como envuelta en el paño blanco de la neblina que hay ahora. Era el mismo momento. Yo aquí, junto a la puerta mirando el amanecer y mirándote a ti, que seguías el camino del cielo; por donde el cielo comenzaba a abrirse en luces, alejándote, cada vez más desteñida entre las sombras de la tierra.

"Fue la última vez que te vi. Pasaste rozando con tu cuerpo las ramas del paraíso que está en la vereda y te llevaste con tu aire sus últimas hojas. Luego desapareciste.

"Te dije: '¡Regresa, Susana!'."

Pedro Páramo siguió moviendo los labios, balbuciendo palabras sin sonido. Después cerró la boca y entreabrió los ojos en los que se reflejó la débil claridad del amanecer.

Amanecía.

A esa misma hora, la madre de Gamaliel Villa, doña Inés, barría la calle frente a la tienda de su hijo, cuando llegó y se metió por la puerta entornada Bonifacio Páramo. Se encontró al Gamaliel dormido encima del mostrador con el sombrero metido en la cara para que no lo molestaran las moscas. Tuvo que esperar un buen rato para que despertara. Tuvo que esperar a que doña Inés terminara la faena de barrer la calle, para que viniera a picarle las costillas a su hijo con el mango de la escoba y le dijera: "¡Aquí tienes un cliente! ¡Alevántate!".

El Gamaliel se enderezó de mal genio, dando gruñidos. Tenía los ojos colorados de tanto desvelarse y de tanto acompañar a los borrachos, emborrachándose con ellos. Ya sentado sobre el mostrador, maldijo a su madre, se maldijo a sí mismo y maldijo infinidad de veces a la vida "que valía un puro carajo". Luego volvió a acomodarse con las manos entre las piernas y se volvió a dormir todavía murmurando maldiciones: "Yo no tengo la culpa de que a estas horas anden sueltos los borrachos".

—El pobre de mi hijo. Discúlpalo Boniz. El pobre. Se pasó la noche atendiendo a unos viajantes que se picaron con las copas. ¿Qué es lo que te trái por aquí tan de mañana?

—Pos nada más un cuartillo de alcohol del que estoy necesitado.

—¿Se te volvió a desmayar la Refugio?

—Se me murió ya, madre Villa. Anoche mismito, muy cerca de las once. Y con que dizque hasta vendí el solar que me legó mi madre y que usté sabe que era bueno. Conque hasta eso vendí porque se me aliviara.

—Háblame más fuerte que no oigo bien. ¿Qué es lo que dices?

—Que me pasé la noche velando a la muerta. A la efugio. Dejó de resollar anoche.

—Con razón me olió a muerto. Fíjate que hasta yo le ije al Gamaliel: Me huele que alguien se murió en el pue- lo. Pero él ni caso me hizo; con eso de que tuvo que ongeniar con los viajantes, el pobre se emborrachó. Y tú abes que cuando está en ese estado ni caso le hace a una.

Pero qué me dices? ¿Y tienes convidados para el velorio?

—No, estoy solo. Para eso quiero el alcohol. Para cu- arme la pena.

—¿Y lo quieres puro?

—Sí, madre Villa. Pa emborracharme más rápido. Y

11

démelo pronto que llevo prisa.

—Te daré dos decílitros por el mismo precio y por ser para ti. Díle entretanto a la difuntita que yo siempre la aprecié y que me tome en cuenta cuando llegue a la Gloria. Díselo antes que se acabe de derretir.

—Se lo diré, madre Villa. Yo sé que ella también cuenta con usté pa que le rece sus oraciones. Con decirle que se murió llorando porque no hubo ni quien la auxiliara. Es triste, ¿no?

—¿Qué, no fuiste a ver al padre Aniceto?

—Fui; pero me informaron que andaba en el cerro.

—¿En cuál cerro?

—Pos por esos andurriales. Usté sabe que andan en la revuelta, dizque levantados en armas.

—Con razón no me ha soltado la preocupación. Siento desde hace muchos días como que se nos va acabar, la tranquilidad. ¿De modo que también él? Vaya pues.

—Pero a nosotros qué nos importa eso. Ni nos va ni nos viene. Sírvame la otra. Hay como que se hace la disimulada, al fin y al cabo el Gamaliel está dormido.

—Pero no se te olvide pedirle a Refugio que ruegue a Dios por mí, que tanto lo necesito.

—No se mortifique. Se lo diré en llegando. Y hasta le sacaré la promesa de palabra, por si es necesario y pa que usté esté conforme.

—Eso. Eso mero debes hacer. Porque tú sabes cómo son las mujeres. Así que hay que exigirles el cumplimiento rápido.

Bonifacio Páramo dejó otros veinte centavos sobre el

12

mostrador: Deme el otro cuartillo, madre Villa. Si usté me lo quiere dar sobradito, pos hay es cosa de usté. Lo único que le prometo es que éste me lo iré a beber junto a la difuntita; junto a mi Cuca.

—Vete pues, antes que se despierte mi hijo. Se le sabe malorear mucho el genio cuando amanece después de una borrachera. Vete volado y no se te olvide decirle a tu mujer que vele por mí desde la Gloria.

Bonifacio Páramo salió de la tienda dando estornudos. Aquello sabía a lumbre; pero como le habían dicho que así se subía más pronto, sorbió un trago tras otro, echándose aire en la boca con la falda de la camisa. Luego trató de ir derechito a su casa donde lo esperaba la Refugio; pero torció el camino y echó a andar calle arriba, saliéndose del pueblo y por donde lo llevó la vereda.

—¡Damiana! —llamó Pedro Páramo—. Ven a ver qué quiere ese hombre que viene por el camino.

Bonifacio Páramo siguió avanzando, dando traspiés, deteniéndose y agachando la cabeza y a veces caminando sobre las manos. Sentía que la tierra le daba vuelta, y luego que se le soltaba, la volvía encontrar enroscándosele como una culebra, hasta que llegó frente a la figura de un señor, sentado junto a la puerta de una casa grande.

—Deme una caridad para enterrar a mi mujer, dijo.

Oyó vagamente que alguien decía: "De las acechanzas del enemigo malo, líbranos Señor".

Era Damiana la que rezaba y le apuntaba con las manos haciendo la señal de la cruz: "Del enemigo malo, líbranos Señor".

Bonifacio Páramo vio a la mujer de los ojos azorados. Se estremeció, pensando que tal vez el demonio lo hubiera

13

seguido hasta allí, y se dio vuelta, esperando encontrarse con una mala figuración. Al no ver a nadie, repitió:

—Vengo por una ayuda para enterrar a mi muerta.

El sol le llegaba por la espalda. Ese sol recién salido, casi frío, desfigurado por la neblina de la tierra.

La cara de Pedro Páramo se escondió debajo de la cobija como si se escondiera de la luz. Mientras que los gritos de Damiana se oían salir más repetidos, atravesando los campos: "¡Están matando a don Pedro!"

Bonifacio Páramo no entendía. No le encontraba la punta a sus pensamientos. No sabía qué hacer ni de qué se trataba. Sentía que los gritos de la vieja se estaban oyendo mucho más allá del pueblo. Quizá hasta su mujer los estuviera oyendo. Se dio cuenta de eso: de que su mujer estaba tendida en el catre, solita, allá en el patio de su casa, adonde él la había sacado para que se conservara y no se apestara pronto. La pobre de Cuca, que todavía hacía una semana se acostaba con él, bien viva, retozando como una potranca; y que le mordía y le raspaba la nariz con su nariz. La que le dio aquel hijito que se les murió de recién, dizque porque ella estaba incapacitada: el mal de ojo y los fríos y la rescoldera y no sé cuantos males que tenía su mujer, según le dijo el doctor que fue a verla. La Cuca, que ahora estaba allá aguantando el relente de la noche con los ojos cerrados, ya sin poder ver amanecer; ni este sol ni ningún otro.

—¡Ayúdenme! —dijo—. Denme algo. —Pero ni si él se oyó. Los gritos de la mujer lo dejaron sordo.

Por el camino de Comala se movieron unos puntitos negros. De pronto los puntitos se convirtieron en hombres y luego estuvieron aquí, junto a él. La Damiana dejó de gritar. Ahora se había caído y abría la boca como si bostezara.

14

Los hombres que habían venido la levantaron del suelo, llevándola al interior de la casa. "¿A usted no le ha pasado nada, patrón?" preguntaron.
nada, patrón? preguntaron.

Entonces apareció la cara de Pedro Páramo que dijo: "No". Moviendo la cabeza.

Le quitaron a Bonifacio Páramo el cuchillo que tenía en la mano y le dijeron: "Vente con nosotros. En buen lío te has metido". Y él los siguió.

Antes de entrar al pueblo les pidió permiso. Se hizo a un lado de la vereda y allí echó una cosa amarilla como de bilis. Chorros y chorros, como si hubiera sorbido diez litros de agua. Fue cuando le comenzó a arder la cabeza: "Estoy borracho", dijo. Luego regresó a donde estaban los demás. Se apoyó en los hombros de ellos y ellos lo llevaron a rastras, abriendo un surco en la tierra con la punta de sus pies.

Allá atrás, Pedro Páramo, sentado en su equipal, miró con sus ojos semiabiertos el cortejo que se iba hacia el pueblo. Sintió que su mano izquierda, al querer levantarse, caía muerta sobre sus rodillas; pero no hizo caso de eso, estaba acostumbrado a ver morir cada día alguno de sus pedazos. Vio cómo se sacudía el paraíso dejando caer sus últimas hojas: "Todos se van —dijo—. Todos escojen el mismo camino". Después volvió al lugar donde había dejado sus pensamientos.

—"Susana —dijo. Luego cerró los ojos—. Yo te pedí que regresaras..."

"...Había una luna grande enmedio del mundo. Se me perdían los ojos mirándote, los rayos de la luna filtrando sus rayos sobre de tí. No me cansaba de ver esa como aparición que eras tú; tu cara tierna, restregada de luna; tu boca abullonada, humedecida, irisada de estrellas; tu cuerpo transparentándose en el agua de la noche. Susana, Susana San Juan".

Quiso levantar la mano izquierda para aclarar la imagen; pero sus rodillas la retuvieron como si fuera de piedra. Quiso levantar su mano derecha y ella se fue cayendo despacio, de lado, hasta quedar apoyada en el suelo deteniendo su hombro deshuesado.

—Esta es mi muerte —dijo. Y añadió—. Tengo tiempo de pedir perdón.

El sol se fue volteando sobre las cosas y les devolvió su forma. La tierra en ruinas estaba frente a él, vacía. El calor caldeaba sus piernas inmóviles. Sus ojos se movían apenas; saltaban de un recuerdo a otro desdibujando el presente. A veces su corazón se detenía y parecía como si también se detuviera el aire. El aire de la vida.

—Con tal de que no sea una nueva noche —pensaba él.

Porque tenía miedo de los fantasmas de la noche que llenaban la oscuridad cuando la oscuridad lo llenaba todo. De encerrarse con sus fantasmas. De eso tenía miedo.

—Sé que dentro de unas cuantas horas vendrá Bonifacio con sus manos desangradas a pedirme la ayuda que le negué mientras estaba vivo, Y yo no tendré manos para taparme los ojos y no verlo. Tendré que oirlo, hasta que su voz se apague con el día, hasta que se le muera su voz.

Sintió que unas manos le tocaban los hombros y enderezó el cuerpo, endureciéndolo.

—Soy yo, don Pedro —dijo Damiana—. No quiere que le traiga su merienda?

Pedro Páramo no respondió.

Juan RULFO.

Fragmento de la novela en preparación titulada *Los Murmullos*.

20

PEDRO PÁRAMO

Juan Rulfo

Vine a Comala porque me dijeron que acá vivía mi padre, un tal Pedro Páramo. Mi madre me lo dijo. Y yo le prometí que vendría a verlo en cuanto ella muriera. Le apreté sus manos en señal de que lo haría, pues ella estaba por morirse y yo en un plan de prometerlo todo. "No dejes de ir a visitarlo —me recomendó—. Se llama de este modo y de este otro. Estoy segura de que le dará gusto conocerte." Entonces no pude hacer otra cosa sino decirle que así lo haría, y de tanto decírselo se lo seguí diciendo aun después que a mis manos les costó trabajo zafarse de sus manos muertas.

Todavía antes me había dicho:

—No vayas a pedirle nada. Exígele lo nuestro. Lo que estuvo obligado a darme y nunca me dio... El olvido en que nos tuvo, mi hijo, cóbraselo caro.

—Así lo haré, madre.

Pero no pensé cumplir mi promesa. Hasta que ahora pronto comencé a llenarme de sueños, a darle vuelo a las ilusiones. Y de este modo se me fue formando un mundo alrededor de la esperanza que era aquel señor llamado Pedro Páramo, el marido de mi madre. Por eso vine a Comala.

Era ese tiempo de la canícula, cuando el aire de agosto sopla caliente, envenenado por el olor podrido de las saponarias.

El camino subía y bajaba: "*Sube o baja según se va o se viene. Para el que va, sube; para el que viene, baja.*"

—¿Cómo dice usted que se llama el pueblo que se ve allá abajo?

—Comala, señor.

—¿Está seguro de que ya es Comala?

—Seguro, señor.

—¿Y por qué se ve esto tan triste?

—Son los tiempos, señor.

Yo imaginaba ver aquello a través de los recuerdos de mi madre; de su nostalgia, entre retazos de suspiros. Siempre vivió ella suspirando por Comala, por el retorno; pero jamás volvió. Ahora yo vengo en su lugar. Traigo los ojos con que ella miró estas cosas, porque me dio sus ojos para ver: "*Hay allí, pasando el puerto de Los Colimotes, la vista muy hermosa de una llanura verde, algo amarilla por el maíz maduro. Desde ese lugar se ve Comala, blanqueando la tierra, iluminándola durante la noche.*" Y su voz era secreta, casi apagada, como si hablara consigo misma... Mi madre.

—¿Y a qué va usted a Comala, si se puede saber? —oí que me preguntaban.

—Voy a ver a mi padre —contesté.

—¡Ah! —dijo él.

Y volvimos al silencio.

Caminábamos cuesta abajo, oyendo el trote rebotado de los burros. Los ojos reventados por el sopor del sueño, en la canícula de agosto.

—Bonita fiesta le va a armar —volví a oír la voz del que iba allí a mi lado—. Se pondrá contento de ver a alguien después de tantos años que nadie viene por aquí.

Luego añadió:

—Sea usted quien sea, se alegrará de verlo.

En la reverberación del sol, la llanura parecía una laguna transparente, deshecha en vapores por donde se traslucía un horizonte gris. Y más allá, una línea de montañas. Y todavía más allá, la más remota lejanía.

—¿Y qué trazas tiene su padre, si se puede saber?

—No lo conozco —le dije—. Sólo sé que se llama Pedro Páramo.

—¡Ah!, vaya.

—Sí, así me dijeron que se llamaba.

Oí otra vez el "¡ah!" del arriero.

Me había topado con él en Los Encuentros, donde se cruzaban varios caminos. Me estuve allí esperando, hasta que al fin apareció este hombre.

—¿Adónde va usted? —le pregunté.

—Voy para abajo, señor.

—¿Conoce un lugar llamado Comala?

—Para allá mismo voy.

Y lo seguí. Fui tras él tratando de emparejarme a su paso, hasta que pareció darse cuenta de que lo seguía y disminuyó la prisa de su carrera. Después los dos íbamos tan pegados que casi nos tocábamos los hombros.

—Yo también soy hijo de Pedro Páramo —me dijo.

Una bandada de cuervos pasó cruzando el cielo vacío, haciendo cuar, cuar, cuar.

Después de trastumbar los cerros, bajamos cada vez más. Habíamos dejado el aire caliente allá arriba y nos íbamos hundiendo en el puro calor sin aire. Todo parecía estar como en espera de algo.

—Hace calor aquí —dije.

—Sí, y esto no es nada —me contestó el otro—. Cálmese. Ya lo sentirá más fuerte cuando lleguemos a Comala. Aquello está sobre las brasas de la tierra, en la mera boca del Infierno. Con decirle que muchos de los que allí se mueren, al llegar al Infierno regresan por su cobija.

—¿Conoce usted a Pedro Páramo? —le pregunté.

Me atreví a hacerlo porque vi en sus ojos una gota de confianza.

—¿Quién es? —volví a preguntar.

—Un rencor vivo —me contestó él.

Y dio un pajuelazo contra los burros, sin necesidad, ya que los burros iban mucho más adelante de nosotros, encarrerados por la bajada.

Sentí el retrato de mi madre guardado en la bolsa de la camisa, calentándome el corazón, como si ella también sudara. Era un retrato viejo, carcomido en los bordes; pero fue el único que conocí de ella. Me lo había encontrado en el armario de la cocina, dentro de una cazuela llena de yerbas: hojas de toronjil, flores de Castilla, ramas de ruda. Desde entonces lo guardé. Era el único. Mi madre siempre fue enemiga de retratarse. Decía que los retratos eran cosa de brujería. Y así parecía ser; porque el suyo estaba lleno de agujeros como de aguja, y en dirección del corazón tenía uno muy grande donde bien podía caber el dedo del corazón.

Es el mismo que traigo aquí, pensando que podría dar buen resultado para que mi padre me reconociera.

—Mire usted —me dice el arriero, deteniéndose—. ¿Ve aquella loma que parece vejiga de puerco? Pues detrasito de ella está la Media Luna. Ahora volrié para allá. ¿Ve la ceja de aquel cerro? Véala. Y ahora voltié para este otro rumbo. ¿Ve la otra ceja que casi no se ve de lo lejos que está? Bueno, pues eso es la Media Luna de punta a cabo. Como quien dice, toda la tierra que se puede abarcar con la mirada. Y es de él todo ese terrenal. El caso es que nuestras madres nos malparieron en un petate aunque éramos hijos de Pedro Páramo. Y lo más chistoso es que él nos llevó a bautizar. Con usted debe haber pasado lo mismo, ¿no?

—No me acuerdo.
—¡Váyase mucho al carajo!
—¿Qué dice usted?
—Que ya estamos llegando, señor.
—Sí, ya lo veo. ¿Qué pasó por aquí?
—Un correcaminos, señor. Así les nombran a esos pájaros.
—No, yo preguntaba por el pueblo, que se ve tan solo, como si estuviera abandonado. Parece que no lo habitara nadie.
—No es que lo parezca. Así es. Aquí no vive nadie.
—¿Y Pedro Páramo?
—Pedro Páramo murió hace muchos años.

ERA LA HORA en que los niños juegan en las calles de todos los pueblos, llenando con sus gritos la tarde. Cuando aún las paredes negras reflejan la luz amarilla del sol.

Al menos eso había visto en Sayula, todavía ayer, a esta misma hora. Y había visto también el vuelo de las palomas rompiendo el aire quieto, sacudiendo sus alas como si se desprendieran del día. Volaban y caían sobre los tejados, mientras los gritos de los niños revoloteaban y parecían teñirse de azul en el cielo del atardecer.

Ahora estaba aquí, en este pueblo sin ruidos. Oía caer mis pisadas sobre las piedras redondas con que estaban empedradas las calles. Mis pisadas huecas, repitiendo su sonido en el eco de las paredes teñidas por el sol del atardecer.

Fui andando por la calle real en esa hora. Miré las casas vacías; las puertas desportilladas, invadidas de yerba. ¿Cómo me dijo aquel fulano que se llamaba esta yerba? "La capitana, señor. Una plaga que nomás espera que se vaya la gente para invadir las casas. Así las verá usted."

Al cruzar una bocacalle vi una señora envuelta en su rebozo que desapareció como si no existiera. Después volvieron a moverse mis pasos y mis ojos siguieron asomándose al agujero de las puertas. Hasta que nuevamente la mujer del rebozo se cruzó frente a mí.

—¡Buenas noches! —me dijo.

La seguí con la mirada. Le grité:

—¿Dónde vive doña Eduviges?

Y ella señaló con el dedo:

—Allá. La casa que está junto al puente.

Me di cuenta que su voz estaba hecha de hebras humanas, que su boca tenía dientes y una lengua que se trababa y destrababa al hablar, y que sus ojos eran como todos los ojos de la gente que vive sobre la tierra.

Había oscurecido.

Volvió a darme las buenas noches. Y aunque no había niños jugando, ni palomas, ni tejados azules, sentí que el pueblo vivía. Y que si yo escuchaba solamente el silencio, era porque aún no estaba acostumbrado al silencio; tal vez porque mi cabeza venía llena de ruidos y de voces.

De voces, sí. Y aquí, donde el aire era escaso, se oían mejor. Se quedaban dentro de uno, pesadas. Me acordé de lo que me había dicho mi madre: "*Allá me oirás mejor. Estaré más cerca de ti. Encontrarás más cercana la voz de mis recuerdos que la de mi muerte, si es que alguna vez la muerte ha tenido alguna voz.*" Mi madre... la viva.

Hubiera querido decirle: "Te equivocaste de domicilio. Me diste una dirección mal dada. Me mandaste al '¿dónde es esto y dónde es aquello?' A un pueblo solitario. Buscando a alguien que no existe."

Llegué a la casa del puente orientándome por el sonar del río. Toqué la puerta; pero en falso. Mi mano se sacudió en el aire como si el aire la hubiera abierto. Una mujer estaba allí. Me dijo:

—Pase usted.

Y entré.

ME HABÍA QUEDADO en Comala. El arriero, que se siguió de filo, me informó todavía antes de despedirse:

—Yo voy más allá, donde se ve la trabazón de los cerros. Allá tengo mi casa. Si usted quiere venir, será bienvenido. Ahora que si quiere quedarse aquí, ahi se lo haiga; aunque no estaría por demás que le echara una ojeada al pueblo, tal vez encuentre algún vecino viviente.

Y me quedé. A eso venía.

—¿Dónde podré encontrar alojamiento? —le pregunté ya casi a gritos.

—Busque a doña Eduviges, si es que todavía vive. Dígale que va de mi parte.

—¿Y cómo se llama usted?

—Abundio —me contestó. Pero ya no alcancé a oír el apellido.

—Soy Eduviges Dyada. Pase usted.

Parecía que me hubiera estado esperando. Tenía todo dispuesto, según me dijo, haciendo que la siguiera por una larga serie de cuartos oscuros, al parecer desolados. Pero no; porque, en cuanto me acostumbré a la oscuridad y al delgado hilo de luz que nos seguía, vi crecer sombras a ambos lados y sentí que íbamos caminando a través de un angosto pasillo abierto entre bultos.

—¿Qué es lo que hay aquí? —pregunté.

—Tiliches —me dijo ella—. Tengo la casa toda entilichada. La escogieron para guardar sus muebles los que se fueron, y nadie ha regresado por ellos. Pero el cuarto que le he reservado está al fondo. Lo tengo siempre descombrado por si alguien viene. ¿De modo que usted es hijo de ella?

—¿De quién? —respondí.

—De Doloritas.

—Sí, ¿pero cómo lo sabe?

—Ella me avisó que usted vendría. Y hoy precisamente. Que llegaría hoy.

—¿Quién? ¿Mi madre?

—Sí. Ella.

Yo no supe qué pensar. Ni ella me dejó en qué pensar:

—Éste es su cuarto —me dijo.

No tenía puertas, solamente aquella por donde habíamos entrado. Encendió la vela y lo vi vacío.

—Aquí no hay dónde acostarse —le dije.

—No se preocupe por eso. Usted ha de venir cansado y el sueño es muy buen colchón para el cansancio. Ya mañana le arreglaré su cama. Como usted sabe, no es fácil ajuarear las cosas en un dos por tres. Para eso hay que estar prevenido, y la madre de usted no me avisó sino hasta ahora.

—Mi madre —dije—, mi madre ya murió.

—Entonces ésa fue la causa de que su voz se oyera tan débil, como si hubiera tenido que atravesar una distancia muy larga para llegar hasta aquí. Ahora lo entiendo. ¿Y cuánto hace que murió?

—Hace ya siete días.

—Pobre de ella. Se ha de haber sentido abandonada. Nos hicimos la promesa de morir juntas. De irnos las dos para darnos ánimo una a la otra en el otro viaje, por si se necesitara, por si acaso encontráramos alguna dificultad. Éramos muy amigas. ¿Nunca le habló de mí?

—No, nunca.

—Me parece raro. Claro que entonces éramos unas chiquillas. Y ella estaba apenas recién casada. Pero nos queríamos mucho. Tu madre era tan bonita, tan, digamos, tan tierna, que daba gusto quererla. Daban ganas de quererla. ¿De modo que me lleva ventaja, no? Pero ten la seguridad de que la alcanzaré. Sólo yo entiendo lo lejos que está el Cielo de nosotros; pero conozco cómo acortar las veredas. Todo consiste en morir, Dios mediante, cuando uno quiera y no cuando Él lo disponga. O, si tú quieres, forzarlo a disponer antes de tiempo. Perdóname que te hable de tú; lo hago porque te considero como mi hijo. Sí, muchas veces dije: "El hijo de Dolores debió haber sido mío." Después te diré por qué. Lo único que quiero decirte ahora es que alcanzaré a tu madre en alguno de los caminos de la eternidad.

Yo creía que aquella mujer estaba loca. Luego ya no creí nada. Me sentí en un mundo lejano y me dejé arrastrar. Mi cuerpo, que parecía aflojarse, se doblaba ante todo, había soltado sus amarras y cualquiera podía jugar con él como si fuera de trapo.

—Estoy cansado —le dije.

—Ven a tomar antes algún bocado. Algo de algo. Cualquier cosa.

—Iré. Iré después.

EL AGUA QUE goteaba de las tejas hacía un agujero en la arena del patio. Sonaba: plas plas y luego otra vez plas, en mitad de una hoja de laurel que daba vueltas y rebotes metida en la hendidura de los ladrillos. Ya se había ido la tormenta. Ahora de vez en cuando la brisa sacudía las ramas del granado haciéndolas chorrear una lluvia espesa, estampando la tierra con gotas brillantes que luego se empañaban. Las gallinas, engarruñadas como si durmieran, sacudían de pronto sus alas y salían al patio, picoteando de prisa, atrapando las lombrices desenterradas por la lluvia. Al recorrerse las nubes, el sol sacaba luz a las piedras, irisaba todo de colores, se bebía el agua de la tierra, jugaba con el aire dándole brillo a las hojas con que jugaba el aire.

—¿Qué tanto haces en el excusado, muchacho?

—Nada, mamá.

—Si sigues allí va a salir una culebra y te va a morder.

—Sí, mamá.

«Pensaba en ti, Susana. En las lomas verdes. Cuando volábamos papalotes en la época del aire. Oíamos allá abajo el rumor viviente del pueblo mientras estábamos encima de él, arriba de la loma, en tanto se nos iba el hilo de cáñamo arrastrado por el viento. "Ayúdame, Susana." Y unas manos suaves se apretaban a nuestras manos. "Suelta más hilo."

»El aire nos hacía reír; juntaba la mirada de nuestros ojos, mientras el hilo corría entre los dedos detrás del viento, hasta que se rompía con un leve crujido como si hubiera sido trozado por las alas de algún pájaro. Y allá arriba, el pájaro de papel caía en maromas arrastrando su cola de hilacho, perdiéndose en el verdor de la tierra.

»Tus labios estaban mojados como si los hubiera besado el rocío.»

—Te he dicho que te salgas del excusado, muchacho.

—Sí, mamá. Ya voy.

«De ti me acordaba. Cuando tú estabas allí mirándome con tus ojos de aguamarina.»

Alzó la vista y miró a su madre en la puerta.

—¿Por qué tardas tanto en salir? ¿Qué haces aquí?

—Estoy pensando.

—¿Y no puedes hacerlo en otra parte? Es dañoso estar mucho tiempo en el excusado. Además, debías de ocuparte en algo. ¿Por qué no vas con tu abuela a desgranar maíz?

—Ya voy, mamá. Ya voy.

—Abuela, vengo a ayudarle a desgranar maíz.

—Ya terminamos; pero vamos a hacer chocolate. ¿Dónde te habías metido? Todo el rato que duró la tormenta te anduvimos buscando.

—Estaba en el otro patio.

—¿Y qué estabas haciendo? ¿Rezando?

—No, abuela, solamente estaba viendo llover.

La abuela lo miró con aquellos ojos medio grises, medio amarillos, que ella tenía y que parecían adivinar lo que había dentro de uno.

—Vete, pues, a limpiar el molino.

«A centenares de metros, encima de todas las nubes, más, mucho más allá de todo, estás escondida tú, Susana. Escondida en la inmensidad de Dios, detrás de su Divina Providencia, donde yo no puedo alcanzarte ni verte y adonde no llegan mis palabras.»

—Abuela, el molino no sirve, tiene el gusano roto.

—Esa Micaela ha de haber molido molcates en él. No se le quita esa mala costumbre; pero en fin, ya no tiene remedio.

—¿Por qué no compramos otro? Éste ya de tan viejo ni servía.

—Dices bien. Aunque con los gastos que hicimos para enterrar a tu abuelo y los diezmos que le hemos pagado a la Iglesia nos hemos quedado sin un centavo. Sin embargo, haremos un sacrificio y compraremos otro. Sería bueno que fueras a ver a doña Inés Villalpando y le pidieras que nos lo fiara para octubre. Se lo pagaremos en las cosechas.

—Sí, abuela.

—Y de paso, para que hagas el mandado completo, dile que nos empreste un cernidor y una podadera; con lo crecidas que están las matas ya mero se nos meten en las trasijaderas. Si yo tuviera mi casa grande, con aquellos grandes corrales que tenía, no me estaría quejando. Pero tu abuelo le jerró con venirse aquí. Todo sea por Dios: nunca han de salir las cosas como uno quiere. Dile a doña Inés que le pagaremos en las cosechas todo lo que le debemos.

—Sí, abuela.

Había chuparrosas. Era la época. Se oía el zumbido de sus alas entre las flores del jazmín que se caía de flores.

Se dio una vuelta por la repisa del Sagrado Corazón y encontró veinticuatro centavos. Dejó los cuatro centavos

y tomó el veinte.
Antes de salir, su madre lo detuvo:
—¿Adónde vas?
—Con doña Inés Villalpando por un molino nuevo. El que teníamos se quebró.
—Dile que te dé un metro de tafeta negra, como ésta —y le dio la muestra—. Que lo cargue en nuestra cuenta.
—Muy bien, mamá.
—A tu regreso cómprame unas cafiaspirinas. En la maceta del pasillo encontrarás dinero.
Encontró un peso. Dejó el veinte y agarró el peso. «Ahora me sobrará dinero para lo que se ofrezca», pensó.
—¡Pedro! —le gritaron—. ¡Pedro!
Pero él ya no oyó. Iba muy lejos.

POR LA NOCHE volvió a llover. Se estuvo oyendo el borbotar del agua durante largo rato; luego se ha de haber dormido, porque cuando despertó sólo se oía una llovizna callada. Los vidrios de la ventana estaban opacos, y del otro lado las gotas resbalaban en hilos gruesos como de lágrimas. "Miraba caer las gotas iluminadas por los relámpagos, y cada que respiraba suspiraba, y cada vez que pensaba, pensaba en ti, Susana."
La lluvia se convertía en brisa. Oyó: "El perdón de los pecados y la resurrección de la carne. Amén." Eso era acá adentro, donde unas mujeres rezaban el final del rosario. Se levantaban; encerraban los pájaros; atrancaban la puerta; apagaban la luz.
Sólo quedaba la luz de la noche, el siseo de la lluvia como un murmullo de grillos...
—¿Por qué no has ido a rezar el rosario? Estamos en el novenario de tu abuelo.

Allí estaba su madre en el umbral de la puerta, con una vela en la mano. Su sombra descorrida hacia el techo, larga, desdoblada. Y las vigas del techo la devolvían en pedazos, despedazada.

—Me siento triste —dijo.

Entonces ella se dio vuelta. Apagó la llama de la vela. Cerró la puerta y abrió sus sollozos, que se siguieron oyendo confundidos con la lluvia.

El reloj de la iglesia dio las horas, una tras otra, una tras otra, como si se hubiera encogido el tiempo.

—Pues sí, yo estuve a punto de ser tu madre. ¿Nunca te platicó ella nada de esto?

—No. Sólo me contaba cosas buenas. De usted vine a saber por el arriero que me trajo hasta aquí, un tal Abundio.

—El bueno de Abundio. ¿Así que todavía me recuerda? Yo le daba sus propinas por cada pasajero que encaminara a mi casa. Y a los dos nos iba bien. Ahora, desventuradamente, los tiempos han cambiado, pues desde que esto está empobrecido ya nadie se comunica con nosotros. ¿De modo que él te recomendó que vinieras a verme?

—Me encargó que la buscara.

—No puedo menos que agradecérselo. Fue buen hombre y muy cumplido. Era quien nos acarreaba el correo, y lo siguió haciendo todavía después que se quedó sordo. Me acuerdo del desventurado día que le sucedió su desgracia. Todos nos conmovimos, porque todos lo queríamos. Nos llevaba y traía cartas. Nos contaba cómo andaban las cosas allá del otro lado del mundo, y seguramente a ellos les contaba cómo andábamos nosotros. Era un gran platicador. Después ya no. Dejó de hablar. Decía que no tenía sentido ponerse a decir cosas que él no oía, que no le sonaban a nada, a las que no les encontraba ningún sabor. Todo sucedió a raíz de que le tronó muy cerca de la cabeza uno de esos cohetones que usamos aquí para espantar las culebras de agua. Desde entonces enmudeció, aunque no era mudo; pero, eso sí, no se le acabó lo buena gente.

—Este de que le hablo oía bien.

—No debe ser él. Además, Abundio ya murió. Debe haber muerto seguramente. ¿Te das cuenta? Así que no puede ser él.

—Estoy de acuerdo con usted.

—Bueno, volviendo a tu madre, te iba diciendo...

Sin dejar de oírla, me puse a mirar a la mujer que tenía frente a mí. Pensé que debía haber pasado por años difíciles. Su cara se transparentaba como si no tuviera sangre, y sus manos estaban marchitas; marchitas y apretadas de arrugas. No se le veían los ojos. Llevaba un vestido blanco muy antiguo, recargado de holanes, y del cuello, enhilada en un cordón, le colgaba una María Santísima del Refugio con un letrero que decía: "Refugio de pecadores".

—...Ese sujeto de que estoy hablando trabajaba como "amansador" en la Media Luna; decía llamarse Inocencio Osorio. Aunque todos lo conocíamos por el mal nombre del Saltaperico por ser muy liviano y ágil para los brincos. Mi compadre Pedro decía que estaba que ni mandado a hacer para amansar potrillos; pero lo cierto es que él tenía otro oficio: el de "provocador". Era provocador de sueños. Eso es lo que era verdaderamente. Y a tu madre la enredó como lo hacía con muchas. Entre otras, conmigo. Una vez que me sentí enferma se presentó y me dijo: "Te vengo a pulsear para que te alivies." Y todo aquello consistía en que se soltaba sobándola a una, primero en las yemas de los dedos, luego restregando las manos; después los brazos, y acababa metiéndose con las piernas de una, en frío, así que aquello al cabo de un rato producía calentura. Y, mientras maniobraba, te hablaba de tu futuro. Se ponía en trance, remolineaba los ojos invocando y maldiciendo; llenándote de escupitajos como hacen los gitanos. A veces se quedaba en cueros porque decía que ése era nuestro deseo. Y a veces le atinaba; picaba por tantos lados que con alguno tenía que dar.

»La cosa es que el tal Osorio le pronosticó a tu madre, cuando fue a verlo, que "esa noche no debía repegarse a ningún hombre porque estaba brava la luna".

»Dolores fue a decirme toda apurada que no podía. Que simplemente se le hacía imposible acostarse esa noche con Pedro Páramo. Era su noche de bodas. Y ahí me tienes a mí tratando de convencerla de que no se creyera del Osorio, que por otra parte era un embaucador embustero.

»—No puedo —me dijo—. Anda tú por mí. No lo notará.

»Claro que yo era mucho más joven que ella. Y un poco menos morena; pero esto ni se nota en lo oscuro.

»—No puede ser, Dolores, tienes que ir tú.

»—Hazme ese favor. Te lo pagaré con otros.

»Tu madre en ese tiempo era una muchachita de ojos humildes. Si algo tenía bonito tu madre, eran los ojos. Y sabían convencer.

»—Ve tú en mi lugar —me decía.

»Y fui.

»Me valí de la oscuridad y de otra cosa que ella no sabía: y es que a mí también me gustaba Pedro Páramo.

»Me acosté con él, con gusto, con ganas. Me atrinchilé a su cuerpo; pero el jolgorio del día anterior lo había dejado rendido, así que se pasó la noche roncando. Todo lo que hizo fue entreverar sus piernas entre mis piernas.

»Antes que amaneciera me levanté y fui a ver a Dolores. Le dije:

»—Ahora anda tú. Éste es ya otro día.

»—¿Qué te hizo? —me preguntó.

»—Todavía no lo sé —le contesté.

»Al año siguiente naciste tú; pero no de mí, aunque estuvo en un pelo que así fuera.

»Quizá tu madre no te contó esto por vergüenza.

"*...Llanuras verdes. Ver subir y bajar el horizonte con el viento que mueve las espigas, el rizar de la tarde con una lluvia de triples rizos. El color de la tierra, el olor de la alfalfa y del pan. Un pueblo que huele a miel derramada...*"

»Ella siempre odió a Pedro Páramo. "¡Doloritas! ¿Ya ordenó que me preparen el desayuno?" Y tu madre se levantaba antes del amanecer. Prendía el nixtenco. Los gatos se despertaban con el olor de la lumbre. Y ella iba de aquí para allá, seguida por el rondín de gatos. "¡Doña Doloritas!"

»¿Cuántas veces oyó tu madre aquel llamado? "Doña Doloritas, esto está frío. Esto no sirve." ¿Cuántas veces? Y aunque estaba acostumbrada a pasar lo peor, sus ojos humildes se endurecieron.

"*...No sentir otro sabor sino el del azahar de los naranjos en la tibieza del tiempo.*"

»Entonces comenzó a suspirar.

»—¿Por qué suspira usted, Doloritas?

»Yo los había acompañado esa tarde. Estábamos en mitad del campo mirando pasar las parvadas de los tordos. Un zopilote solitario se mecía en el cielo.

»—¿Por qué suspira usted, Doloritas?

»—Quisiera ser zopilote para volar adonde vive mi hermana.

»—No faltaba más, doña Doloritas. Ahora mismo irá usted a ver a su hermana. Regresemos. Que le preparen sus maletas. No faltaba más.

»Y tu madre se fue:

»—Hasta luego, don Pedro.

»—¡Adiós!, Doloritas.

»Se fue de la Media Luna para siempre. Yo le pregunté muchos meses después a Pedro Páramo por ella.

»—Quería más a su hermana que a mí. Allá debe estar a gusto. Además ya me tenía enfadado. No pienso inquirir por ella, si es eso lo que te preocupa.

»—¿Pero de qué vivirán?

»—Que Dios los asista.

"*...El abandono en que nos tuvo, mi hijo, cóbraselo caro.*"

»Y así hasta ahora que ella me avisó que vendrías a verme, no volvimos a saber más de ella.»

—La de cosas que han pasado —le dije—. Vivíamos en Colima arrimados a la tía Gertrudis que nos echaba en cara nuestra carga. "¿Por qué no regresas con tu marido?", le decía a mi madre.

»—¿Acaso él ha enviado por mí? No me voy si él no me llama. Vine porque te quería ver. Porque te quería, por eso vine.

»—Lo comprendo. Pero ya va siendo hora de que te vayas.

»—Si consistiera en mí.»

Pensé que aquella mujer me estaba oyendo; pero noté que tenía borneada la cabeza como si escuchara algún rumor lejano. Luego dijo:

—¿Cuándo descansarás?

«El día que te fuiste entendí que no te volvería a ver. Ibas teñida de rojo por el sol de la tarde, por el crepúsculo ensangrentado del cielo. Sonreías. Dejabas atrás un pueblo del que muchas veces me dijiste: "Lo quiero por ti; pero lo odio por todo lo demás, hasta por haber nacido en él." Pensé: "No regresará jamás; no volverá nunca."»

—¿Qué haces aquí a estas horas? ¿No estás trabajando?

—No, abuela. Rogelio quiere que le cuide al niño. Me paso paseándolo. Cuesta trabajo atender las dos cosas: al niño y el telégrafo, mientras que él se vive tomando cervezas en el billar. Además no me paga nada.

—No estás allí para ganar dinero, sino para aprender; cuando ya sepas algo, entonces podrás ser exigente. Por ahora eres sólo un aprendiz; quizá mañana o pasado llegues a ser tú el jefe. Pero para eso se necesita paciencia y, más que nada, humildad. Si te ponen a pasear al niño, hazlo, por el amor de Dios. Es necesario que te resignes.

—Que se resignen otros, abuela, yo no estoy para resignaciones.

—¡Tú y tus rarezas! Siento que te va a ir mal, Pedro Páramo.

—¿Qué es lo que pasa, doña Eduviges?

Ella sacudió la cabeza como si despertara de un sueño.

—Es el caballo de Miguel Páramo, que galopa por el camino de la Media Luna.

—¿Entonces vive alguien en la Media Luna?

—No, allí no vive nadie.

—¿Entonces?

—Solamente es el caballo que va y viene. Ellos eran inseparables. Corre por todas partes buscándolo y siempre regresa a estas horas. Quizá el pobre no puede con su remordimiento. ¿Cómo hasta los animales se dan cuenta de cuando cometen un crimen, no?

—No entiendo. Ni he oído ningún ruido de ningún caballo.
—¿No?
—No.
—Entonces es cosa de mi sexto sentido. Un don que Dios me dio; o tal vez sea una maldición. Sólo yo sé lo que he sufrido a causa de esto.

Guardó silencio un rato y luego añadió:

—Todo comenzó con Miguel Páramo. Sólo yo supe lo que le había pasado la noche que murió. Estaba ya acostada cuando oí regresar su caballo rumbo a la Media Luna. Me extrañó porque nunca volvía a esas horas. Siempre lo hacía entrada la madrugada. Iba a platicar con su novia a un pueblo llamado Contla, algo lejos de aquí. Salía temprano y tardaba en volver. Pero esa noche no regresó... ¿Lo oyes ahora? Está claro que se oye. Viene de regreso.

—No oigo nada.

—Entonces es cosa mía. Bueno, como te estaba diciendo, eso de que no regresó es un puro decir. No había acabado de pasar su caballo cuando sentí que me tocaban por la ventana. Ve tú a saber si fue ilusión mía. Lo cierto es que algo me obligó a ir a ver quién era. Y era él, Miguel Páramo. No me extrañó verlo, pues hubo un tiempo que se pasaba las noches en mi casa durmiendo conmigo, hasta que encontró esa muchacha que le sorbió los sesos.

»—¿Qué pasó? —le dije a Miguel Páramo—. ¿Te dieron calabazas?

»—No. Ella me sigue queriendo —me dijo—. Lo que sucede es que yo no pude dar con ella. Se me perdió el pueblo.

Había mucha neblina o humo o no sé qué; pero sí sé que Contla no existe. Fui más allá, según mis cálculos, y no encontré nada. Vengo a contártelo a ti, porque tú me comprendes. Si se lo dijera a los demás de Comala dirían que estoy loco, como siempre han dicho que lo estoy.

»—No. Loco no, Miguel. Debes estar muerto. Acuérdate que te dijeron que ese caballo te iba a matar algún día. Acuérdate, Miguel Páramo. Tal vez te pusiste a hacer locuras y eso ya es otra cosa.

»—Sólo brinqué el lienzo de piedra que últimamente mandó poner mi padre. Hice que el *Colorado* lo brincara para no ir a dar ese rodeo tan largo que hay que hacer ahora para encontrar el camino. Sé que lo brinqué y después seguí corriendo; pero, como te digo, no había más que humo y humo y humo.

»—Mañana tu padre se torcerá de dolor —le dije—. Lo siento por él. Ahora vete y descansa en paz, Miguel. Te agradezco que hayas venido a despedirte de mí.

»Y cerré la ventana.

»Antes de que amaneciera un mozo de la Media Luna vino a decir:

»—El patrón don Pedro le suplica. El niño Miguel ha muerto. Le suplica su compañía.

»—Ya lo sé —le dije—. ¿Te pidieron que lloraras?

»—Sí, don Fulgor me dijo que se lo dijera llorando.

»—Está bien. Dile a don Pedro que allá iré. ¿Hace mucho que lo trajeron?

»—No hace ni media hora. De ser antes, tal vez se hubiera salvado. Aunque, según el doctor que lo palpó, ya estaba frío desde tiempo atrás. Lo supimos porque el *Colorado* volvió solo y se puso tan inquieto que no dejó dormir a nadie.

Usted sabe cómo se querían él y el caballo, y hasta estoy por creer que el animal sufre más que don Pedro. No ha comido ni dormido y nomás se vuelve un puro corretear. Como que sabe, ¿sabe usted? Como que se siente despedazado y carcomido por dentro.

»—No se te olvide cerrar la puerta cuando te vayas.

»Y el mozo de la Media Luna se fue.

»¿Has oído alguna vez el quejido de un muerto?», me preguntó a mí.

—No, doña Eduviges.

—Más te vale.

En el hidrante las gotas caen una tras otra. Uno oye, salida de la piedra, el agua clara caer sobre el cántaro. Uno oye. Oye rumores; pies que raspan el suelo, que caminan, que van y vienen. Las gotas siguen cayendo sin cesar. El cántaro se desborda haciendo rodar el agua sobre un suelo mojado.

«¡Despierta!», le dicen.

Reconoce el sonido de la voz. Trata de adivinar quién es; pero el cuerpo se afloja y cae adormecido, aplastado por el peso del sueño. Unas manos estiran las cobijas prendiéndose de ellas, y debajo de su calor el cuerpo se esconde buscando la paz.

«¡Despiértate!», vuelven a decir.

La voz sacude los hombros. Hace enderezar el cuerpo. Entreabre los ojos. Se oyen las gotas de agua que caen del hidrante sobre el cántaro raso. Se oyen pasos que se arrastran... Y el llanto.

Entonces oyó el llanto. Eso lo despertó: un llanto suave, delgado, que quizá por delgado pudo traspasar la maraña del sueño, llegando hasta el lugar donde anidan los sobresaltos.

Se levantó despacio y vio la cara de una mujer recostada contra el marco de la puerta, oscurecida todavía por la noche, sollozando.

—¿Por qué lloras, mamá? —preguntó; pues en cuanto puso los pies en el suelo reconoció el rostro de su madre.

—Tu padre ha muerto —le dijo.

Y luego, como si se le hubieran soltado los resortes de su pena, se dio vuelta sobre sí misma una y otra vez, una y otra vez, hasta que unas manos llegaron hasta sus hombros y lograron detener el rebullir de su cuerpo.

Por la puerta se veía el amanecer en el cielo. No había estrellas. Sólo un cielo plomizo, gris, aún no aclarado por la luminosidad del sol. Una luz parda, como si no fuera a comenzar el día, sino como si apenas estuviera llegando el principio de la noche.

Afuera en el patio, los pasos, como de gente que ronda. Ruidos callados. Y aquí, aquella mujer, de pie en el umbral; su cuerpo impidiendo la llegada del día; dejando asomar, a través de sus brazos, retazos de cielo, y debajo de sus pies regueros de luz; una luz asperjada como si el suelo debajo de ella estuviera anegado en lágrimas. Y después el sollozo. Otra vez el llanto suave pero agudo, y la pena haciendo retorcer su cuerpo.

—Han matado a tu padre.

—¿Y a ti quién te mató, madre?

«Hay aire y sol, hay nubes. Allá arriba un cielo azul y detrás de él tal vez haya canciones; tal vez mejores voces... Hay esperanza, en suma. Hay esperanza para nosotros, contra nuestro pesar.

»Pero no para ti, Miguel Páramo, que has muerto sin perdón y no alcanzarás ninguna gracia.»

El padre Rentería dio vuelta al cuerpo y entregó la misa al pasado. Se dio prisa por terminar pronto y salió sin dar la bendición final a aquella gente que llenaba la iglesia.

—¡Padre, queremos que nos lo bendiga!

—¡No! —dijo moviendo negativamente la cabeza—. No lo haré. Fue un mal hombre y no entrará al Reino de los Cielos. Dios me tomará a mal que interceda por él.

Lo decía, mientras trataba de retener sus manos para que no enseñaran su temblor. Pero fue.

Aquel cadáver pesaba mucho en el ánimo de todos. Estaba sobre una tarima, en medio de la iglesia, rodeado de cirios nuevos, de flores, de un padre que estaba detrás de él, solo, esperando que terminara la velación.

El padre Rentería pasó junto a Pedro Páramo procurando no rozarle los hombros. Levantó el hisopo con ademanes suaves y roció el agua bendita de arriba abajo, mientras salía de su boca un murmullo, que podía ser de oraciones. Después se arrodilló y todo el mundo se arrodilló con él:

—Ten piedad de tu siervo, Señor.

—Que descanse en paz, amén —contestaron las voces.

Y cuando empezaba a llenarse nuevamente de cólera, vio que todos abandonaban la iglesia llevándose el cadáver de Miguel Páramo.

Pedro Páramo se acercó, arrodillándose a su lado:

—Yo sé que usted lo odiaba, padre. Y con razón. El asesinato de su hermano, que según rumores fue cometido por mi hijo; el caso de su sobrina Ana, violada por él según el juicio de usted; las ofensas y falta de respeto que le tuvo en ocasiones, son motivos que cualquiera puede admitir. Pero olvídese ahora, padre. Considérelo y perdónelo como quizá Dios lo haya perdonado.

Puso sobre el reclinatorio un puño de monedas de oro y se levantó:

—Reciba eso como una limosna para su iglesia.

La iglesia estaba ya vacía. Dos hombres esperaban en la puerta a Pedro Páramo, quien se juntó con ellos, y juntos siguieron el féretro que aguardaba descansando sobre los hombros de cuatro caporales de la Media Luna.

El padre Rentería recogió las monedas una por una y se acercó al altar.

—Son tuyas —dijo—. Él puede comprar la salvación. Tú sabes si éste es el precio. En cuanto a mí, Señor, me pongo ante tus plantas para pedirte lo justo o lo injusto, que todo nos es dado pedir... Por mí, condénalo, Señor.

Y cerró el sagrario.

Entró en la sacristía, se echó en un rincón, y allí lloró de pena y de tristeza hasta agotar sus lágrimas.

—Está bien, Señor, tú ganas —dijo después.

Durante la cena tomó su chocolate como todas las noches. Se sentía tranquilo.

—Oye, Anita. ¿Sabes a quién enterraron hoy?

—No, tío.

—¿Te acuerdas de Miguel Páramo?

—Sí, tío.

—Pues a él.

Ana agachó la cabeza.

—Estás segura de que él fue, ¿verdad?

—Segura no, tío. No le vi la cara. Me agarró de noche y

en lo oscuro.

—¿Entonces cómo supiste que era Miguel Páramo?

—Porque él me lo dijo: "Soy Miguel Páramo, Ana. No te asustes." Eso me dijo.

—¿Pero sabías que era el autor de la muerte de tu padre, no?

—Sí, tío.

—¿Entonces qué hiciste para alejarlo?

—No hice nada.

Los dos guardaron silencio por un rato. Se oía el aire tibio entre las hojas del arrayán.

—Me dijo que precisamente a eso venía: a pedirme disculpas y a que yo lo perdonara. Sin moverme de la cama le avisé: "La ventana está abierta." Y él entró. Llegó abrazándome, como si ésa fuera la forma de disculparse por lo que había hecho. Y yo le sonreí. Pensé en lo que usted me había enseñado: que nunca hay que odiar a nadie. Le sonreí para decírselo; pero después pensé que él no pudo ver mi sonrisa, porque yo no lo veía a él, por lo negra que estaba la noche. Solamente lo sentí encima de mí y que comenzaba a hacer cosas malas conmigo.

»Creí que me iba a matar. Eso fue lo que creí, tío. Y hasta dejé de pensar para morirme antes de que él me matara. Pero seguramente no se atrevió a hacerlo.

»Lo supe cuando abrí los ojos y vi la luz de la mañana que entraba por la ventana abierta. Antes de esa hora, sentí que había dejado de existir.»

—Pero debes tener alguna seguridad. La voz. ¿No lo conociste por su voz?

—No lo conocía por nada. Sólo sabía que había matado a mi padre. Nunca lo había visto y después no lo llegué a ver. No hubiera podido, tío.

—Pero sabías quién era.

—Sí. Y qué cosa era. Sé que ahora debe estar en lo mero hondo del Infierno; porque así se lo he pedido a todos los santos con todo mi fervor.

—No estés tan convencida de eso, hija. ¡Quién sabe cuántos estén rezando ahora por él! Tú estás sola. Un ruego contra miles de ruegos. Y entre ellos, algunos mucho más hondos que el tuyo, como es el de su padre.

Iba a decirle: "Además, yo le he dado el perdón." Pero sólo lo pensó. No quiso maltratar el alma medio quebrada de aquella muchacha. Antes, por el contrario, la tomó del brazo y le dijo:

—Démosle gracias a Dios Nuestro Señor porque se lo ha llevado de esta tierra donde causó tanto mal, no importa que ahora lo tenga en su Cielo.

UN CABALLO PASÓ al galope donde se cruza la calle real con el camino de Contla. Nadie lo vio. Sin embargo, una mujer que esperaba en las afueras del pueblo contó que había visto el caballo corriendo con las piernas dobladas como si se fuera a ir de bruces. Reconoció el alazán de Miguel Páramo. Y hasta pensó: "Ese animal se va a romper la cabeza." Luego vio cuando enderezaba el cuerpo y, sin aflojar la carrera, caminaba con el pescuezo echado hacia atrás como si viniera asustado por algo que había dejado allá atrás.

Esos chismes llegaron a la Media Luna la noche del entierro, mientras los hombres descansaban de la larga caminata que habían hecho hasta el panteón.

Platicaban, como se platica en todas partes, antes de ir a dormir.

—A mí me dolió mucho ese muerto —dijo Terencio Lubianes—. Todavía traigo adoloridos los hombros.

—Y a mí —dijo su hermano Ubillado—. Hasta se me agrandaron los juanetes. Con eso de que el patrón quiso que todos fuéramos de zapatos. Ni que hubiera sido día de fiesta, ¿verdad, Toribio?

—Yo qué quieren que les diga. Pienso que se murió muy a tiempo.

Al rato llegaron más chismes de Contla. Los trajo la última carreta.

—Dicen que por allá anda el ánima. Lo han visto tocando la ventana de fulanita. Igualito a él. De chaparreras y todo.

—¿Y usted cree que don Pedro, con el genio que se carga, iba a permitir que su hijo siga traficando viejas? Ya me lo imagino si lo supiera: "—Bueno —le diría—. Tú ya estás muerto. Estáte quieto en tu sepultura. Déjanos el negocio a nosotros." Y de verlo por ahi, casi me las apuesto que lo mandaría de nuevo al camposanto.

—Tienes razón, Isaías. Ese viejo no se anda con cosas.

El carretero siguió su camino: "Como la supe, se las endoso."

Había estrellas fugaces. Caían como si el cielo estuviera lloviznando lumbre.

—Miren nomás —dijo Terencio— el borlote que se traen allá arriba.

—Es que le están celebrando su función al Miguelito —terció Jesús.

—¿No será mala señal?

—¿Para quién?

—Quizá tu hermana esté nostálgica por su regreso.

—¿A quién le hablas?

—A ti.

—Mejor vámonos, muchachos. Hemos trafagueado mucho y mañana hay que madrugar.

Y se disolvieron como sombras.

Había estrellas fugaces. Las luces en Comala se apagaron. Entonces el cielo se adueñó de la noche.

El padre Rentería se revolcaba en su cama sin poder dormir: «Todo esto que sucede es por mi culpa —se dijo—. El temor de ofender a quienes me sostienen. Porque ésta es la verdad; ellos me dan mi mantenimiento. De los pobres no consigo nada; las oraciones no llenan el estómago. Así ha sido hasta ahora. Y éstas son las consecuencias. Mi culpa. He traicionado a aquellos que me quieren y que me han dado su fe y me buscan para que yo interceda por ellos para con Dios. ¿Pero qué han logrado con su fe? ¿La ganancia del Cielo? ¿O la purificación de sus almas? Y para qué purifican su alma, si en el último momento... Todavía tengo frente a mis ojos la mirada de María Dyada, que vino a pedirme salvara a su hermana Eduviges:

»—Ella sirvió siempre a sus semejantes. Les dio todo lo que tuvo. Hasta les dio un hijo, a todos. Y se los puso enfrente para que alguien lo reconociera como suyo; pero nadie lo quiso hacer. Entonces les dijo: "En ese caso yo soy también su padre, aunque por casualidad haya sido su madre." Abusaron de su hospitalidad por esa bondad suya de no querer ofenderlos ni de malquistarse con ninguno.

»—Pero ella se suicidó. Obró contra la mano de Dios.

»—No le quedaba otro camino. Se resolvió a eso también por bondad.

»—Falló a última hora —eso es lo que le dije—. En el último momento. ¡Tantos bienes acumulados para su salvación, y perderlos así de pronto!

»—Pero si no los perdió. Murió con muchos dolores. Y el dolor... Usted nos ha dicho algo acerca del dolor que ya no recuerdo. Ella se fue por ese dolor. Murió retorcida por la sangre que la ahogaba. Todavía veo sus muecas, y sus muecas eran los más tristes gestos que ha hecho un ser humano.

»—Tal vez rezando mucho.

»—Vamos rezando mucho, padre.

»—Digo tal vez, si acaso, con las misas gregorianas; pero para eso necesitamos pedir ayuda, mandar traer sacerdotes. Y eso cuesta dinero.

»Allí estaba frente a mis ojos la mirada de María Dyada, una pobre mujer llena de hijos.

»—No tengo dinero. Eso usted lo sabe, padre.

»—Dejemos las cosas como están. Esperemos en Dios.

»—Sí, padre.»

¿Por qué aquella mirada se volvía valiente ante la resignación? Qué le costaba a él perdonar, cuando era tan fácil decir una palabra o dos, o cien palabras si éstas fueran necesarias para salvar el alma. ¿Qué sabía él del Cielo y del Infierno? Y sin embargo, él, perdido en un pueblo sin nombre, sabía los que habían merecido el Cielo. Había un catálogo. Comenzó a recorrer los santos del panteón católico comenzando por los del día: "Santa Nunilona, virgen y mártir; Anercio, obispo; Santas Salomé viuda, Alodia o Elodia y Nulina, vírgenes; Córdula y Donato." Y siguió. Ya iba siendo dominado por el sueño cuando se sentó en la cama: "Estoy repasando una hilera de santos como si estuviera viendo saltar cabras."

Salió fuera y miró el cielo. Llovían estrellas. Lamentó aquello porque hubiera querido ver un cielo quieto. Oyó el canto de los gallos. Sintió la envoltura de la noche cubriendo la tierra. La tierra, "este valle de lágrimas".

—Más te vale, hijo. Más te vale —me dijo Eduviges Dyada.

Ya estaba alta la noche. La lámpara que ardía en un rincón comenzó a languidecer; luego parpadeó y terminó apagándose.

Sentí que la mujer se levantaba y pensé que iría por una nueva luz. Oí sus pasos cada vez más lejanos. Me quedé esperando.

Pasado un rato y al ver que no volvía, me levanté yo también. Fui caminando a pasos cortos, tentaleando en la oscuridad, hasta que llegué a mi cuarto. Allí me senté en el suelo a esperar el sueño.

Dormí a pausas.

En una de esas pausas fue cuando oí el grito. Era un grito arrastrado como el alarido de algún borracho: "¡Ay vida, no me mereces!"

Me enderecé de prisa porque casi lo oí junto a mis orejas; pudo haber sido en la calle; pero yo lo oí aquí, untado a las paredes de mi cuarto. Al despertar, todo estaba en silencio; sólo el caer de la polilla y el rumor del silencio.

No, no era posible calcular la hondura del silencio que produjo aquel grito. Como si la tierra se hubiera vaciado de su aire. Ningún sonido; ni el del resuello, ni el del latir del corazón; como si se detuviera el mismo ruido de la conciencia. Y cuando terminó la pausa y volví a tranquilizarme, retornó el grito y se siguió oyendo por un largo rato: "¡Déjenme aunque sea el derecho de pataleo que tienen los ahorcados!"

Entonces abrieron de par en par la puerta.

—¿Es usted, doña Eduviges? —pregunté—. ¿Qué es lo que está sucediendo? ¿Tuvo usted miedo?

—No me llamo Eduviges. Soy Damiana. Supe que estabas aquí y vine a verte. Quiero invitarte a dormir a mi casa. Allí tendrás dónde descansar.

—¿Damiana Cisneros? ¿No es usted de las que vivieron en la Media Luna?

—Allá vivo. Por eso he tardado en venir.

—Mi madre me habló de una tal Damiana que me había cuidado cuando nací. ¿De modo que usted...?

—Sí, yo soy. Te conozco desde que abriste los ojos.

—Iré con usted. Aquí no me han dejado en paz los gritos. ¿No oyó lo que estaba pasando? Como que estaban asesinando a alguien. ¿No acaba usted de oír?

—Tal vez sea algún eco que está aquí encerrado. En este cuarto ahorcaron a Toribio Aldrete hace mucho tiempo. Luego condenaron la puerta, hasta que él se secara; para que su cuerpo no encontrara reposo. No sé cómo has podido entrar, cuando no existe llave para abrir esta puerta.

—Fue doña Eduviges quien abrió. Me dijo que era el único cuarto que tenía disponible.

—¿Eduviges Dyada?

—Ella.

—Pobre Eduviges. Debe de andar penando todavía.

«FULGOR SEDANO, hombre de 54 años, soltero, de oficio administrador, apto para entablar y seguir pleitos, por poder y por mi propio derecho, reclamo y alego lo siguiente...»

Eso había dicho cuando levantó el acta contra actos de Toribio Aldrete. Y terminó: "Que conste mi acusación por usufruto."

—A usted ni quien le quite lo hombre, don Fulgor. Sé que usted las puede. Y no por el poder que tiene atrás, sino por usted mismo.

Se acordaba. Fue lo primero que le dijo el Aldrete, después que se habían estado emborrachando juntos, dizque para celebrar el acta:

—Con ese papel nos vamos a limpiar usted y yo, don Fulgor, porque no va a servir para otra cosa. Y eso usted lo sabe. En fin, por lo que a usted respecta, ya cumplió con lo que le mandaron, y a mí me quitó de apuraciones; porque me tenía usted preocupado, lo que sea de cada quien. Ahora ya sé de qué se trata y me da risa. Dizque "usufruto". Vergüenza debía darle a su patrón ser tan ignorante.

Se acordaba. Estaban en la fonda de Eduviges. Y hasta él le había preguntado:

—Oye, Viges, ¿me puedes prestar el cuarto del rincón?

—Los que usted quiera, don Fulgor; si quiere, ocúpelos todos. ¿Se van a quedar a dormir aquí sus hombres?

—No, nada más uno. Despreocúpate de nosotros y vete a dormir. Nomás déjanos la llave.

—Pues ya le digo, don Fulgor —le dijo Toribio Aldrete—. A usted ni quien le menoscabe lo hombre que es; pero me lleva la rejodida con ese hijo de la rechintola de su patrón.

Se acordaba. Fue lo último que le oyó decir en sus cinco sentidos. Después se había comportado como un collón, dando de gritos. "Dizque la fuerza que yo tenía atrás. ¡Vaya!"

Tocó con el mango del chicote la puerta de la casa de Pedro Páramo. Pensó en la primera vez que lo había hecho, dos semanas atrás. Esperó un buen rato del mismo modo que tuvo que esperar aquella vez. Miró también, como lo hizo la otra vez, el moño negro que colgaba del dintel de la puerta. Pero no comentó consigo mismo: "¡Vaya! Los han encimado. El primero está ya descolorido, el último relumbra como si fuera de seda; aunque no es más que un trapo teñido."

La primera vez se estuvo esperando hasta llenarse con la idea de que quizá la casa estuviera deshabitada. Y ya se iba cuando apareció la figura de Pedro Páramo.

—Pasa, Fulgor.

Era la segunda ocasión que se veían. La primera nada más él lo vio; porque el Pedrito estaba recién nacido. Y ésta. Casi se podía decir que era la primera vez. Y le resultó que le hablaba como a un igual. ¡Vaya! Lo siguió a grandes trancos, chicoteándose las piernas: "Sabrá pronto que yo soy el que sabe. Lo sabrá. Y a lo que vengo."

—Siéntate, Fulgor. Aquí hablaremos con más calma.

Estaban en el corral. Pedro Páramo se arrellanó en un pesebre y esperó:

—¿Por qué no te sientas?

—Prefiero estar de pie, Pedro.

—Como tú quieras. Pero no se te olvide el "don".

¿Quién era aquel muchacho para hablarle así? Ni su padre don Lucas Páramo se había atrevido a hacerlo. Y de pronto éste, que jamás se había parado en la Media Luna, ni conocía de oídas el trabajo, le hablaba como a un gañán. ¡Vaya, pues!

—¿Cómo anda aquello?

Sintió que llegaba su oportunidad. "Ahora me toca a mí", pensó.

—Mal. No queda nada. Hemos vendido el último ganado.

Comenzó a sacar los papeles para informarle a cuánto

ascendía todavía el adeudo. Y ya iba a decir: "Debemos tanto", cuando oyó:

—¿A quién le debemos? No me importa cuánto, sino a quién.

Le repasó una lista de nombres. Y terminó:

—No hay de dónde sacar para pagar. Ese es el asunto.

—¿Y por qué?

—Porque la familia de usted lo absorbió todo. Pedían y pedían, sin devolver nada. Eso se paga caro. Ya lo decía yo: "A la larga acabarán con todo." Bueno, pues acabaron. Aunque hay por allí quien se interese en comprar los terrenos. Y pagan bien. Se podrían cubrir las libranzas pendientes y todavía quedaría algo; aunque, eso sí, algo mermado.

—¿No serás tú?

—¡Cómo se pone a creer que yo!

—Yo creo hasta el bendito. Mañana comenzaremos a arreglar nuestros asuntos. Empezaremos por las Preciados. ¿Dices que a ellas les debemos más?

—Sí. Y a las que les hemos pagado menos. El padre de usted siempre las pospuso para lo último. Tengo entendido que una de ellas, Matilde, se fue a vivir a la ciudad. No sé si a Guadalajara o a Colima. Y la Lola, quiero decir, doña Dolores, ha quedado como dueña de todo. Usted sabe: el rancho de Enmedio. Y es a ella a la que le tenemos que pagar.

—Mañana vas a pedir la mano de la Lola.

—Pero cómo quiere usted que me quiera, si ya estoy viejo.

—La pedirás para mí. Después de todo tiene alguna gracia. Le dirás que estoy muy enamorado de ella. Y que si lo tiene a bien. De pasada, dile al padre Rentería que nos arregle el trato. ¿Con cuánto dinero cuentas?

—Con ninguno, don Pedro.

—Pues prométeselo. Dile que en teniendo se le pagará. Casi estoy seguro de que no pondrá dificultades. Haz eso mañana mismo.

—¿Y lo del Aldrete?

—¿Qué se trae el Aldrete? Tú me mencionaste a las Preciados y a los Fregosos y a los Guzmanes. ¿Con qué sale ahora el Aldrete?

—Cuestión de límites. Él ya mandó cercar y ahora pide que echemos el lienzo que falta para hacer la división.

—Eso déjalo para después. No te preocupen los lienzos. No habrá lienzos. La tierra no tiene divisiones. Piénsalo, Fulgor, aunque no se lo des a entender. Arregla por de pronto lo de la Lola. ¿No quieres sentarte?

—Me sentaré, don Pedro. Palabra que me está gustando tratar con usted.

—Le dirás a la Lola esto y lo otro y que la quiero. Eso es importante. De cierto, Sedano, la quiero. Por sus ojos, ¿sabes? Eso harás mañana tempranito. Te reduzco tu tarea de administrador. Olvídate de la Media Luna.

«¿DE DÓNDE DIABLOS habrá sacado esas mañas el muchacho? —pensó Fulgor Sedano mientras regresaba a la Media Luna—. Yo no esperaba de él nada. "Es un inútil", decía de él mi difunto patrón don Lucas. "Un flojo de marca." Yo le daba la razón. "Cuando me muera váyase buscando otro trabajo, Fulgor." "Sí, don Lucas." "Con decirle, Fulgor, que he intentado mandarlo al seminario para ver si al menos eso le da para comer y mantener a su madre cuando yo les falte; pero ni a eso se decide." "Usted no se merece eso, don Lucas." "No se cuenta con él para nada, ni para que me sirva de bordón servirá cuando yo esté viejo. Se me malogró, qué quiere usted, Fulgor." "Es una verdadera lástima, don Lucas."»

Y ahora esto. De no haber sido porque estaba tan encariñado con la Media Luna, ni lo hubiera venido a ver. Se habría largado sin avisarle. Pero le tenía aprecio a aquella tierra; a esas lomas pelonas tan trabajadas y que todavía seguían aguantando el surco, dando cada vez más de sí... La querida Media Luna... Y sus agregados: "Vente para acá, tierrita de Enmedio." La veía venir. Como que aquí estaba ya. Lo que significa una mujer después de todo. "¡Vaya que sí!", dijo. Y chicoteó sus piernas al trasponer la puerta grande de la hacienda.

FUE MUY FÁCIL encampanarse a la Dolores. Si hasta le relumbraron los ojos y se le descompuso la cara.

—Perdóneme que me ponga colorada, don Fulgor. No creí que don Pedro se fijara en mí.

—No duerme, pensando en usted.

—Pero si él tiene de dónde escoger. Abundan tantas muchachas bonitas en Comala. ¿Qué dirán ellas cuando lo sepan?

—Él sólo piensa en usted, Dolores. De ahi en más, en nadie.

—Me hace usted que me den escalofríos, don Fulgor. Ni siquiera me lo imaginaba.

—Es que es un hombre tan reservado. Don Lucas Páramo, que en paz descanse, le llegó a decir que usted no era digna de él. Y se calló la boca por pura obediencia. Ahora que él ya no existe, no hay ningún impedimento. Fue su primera decisión; aunque yo había tardado en cumplirla por mis muchos quehaceres. Pongamos por fecha de la boda pasado mañana. ¿Qué opina usted?

—¿No es muy pronto? No tengo nada preparado. Necesito

encargar los ajuares. Le escribiré a mi hermana. O no, mejor le voy a mandar un propio; pero de cualquier manera no estaré lista antes del 8 de abril. Hoy estamos a 1. Sí, apenas para el 8. Dígale que espere unos diyitas.

—Él quisiera que fuera ahora mismo. Si es por los ajuares, nosotros se los proporcionamos. La difunta madre de don Pedro espera que usted vista sus ropas. En la familia existe esa costumbre.

—Pero además hay algo para estos días. Cosas de mujeres, sabe usted. ¡Oh!, cuánta vergüenza me da decirle esto, don Fulgor. Me hace usted que se me vayan los colores. Me toca la luna. ¡Oh!, qué vergüenza.

—¿Y qué? El matrimonio no es asunto de si haya o no haya luna. Es cosa de quererse. Y, en habiendo esto, todo lo demás sale sobrando.

—Pero es que usted no me entiende, don Fulgor.

—Entiendo. La boda será pasado mañana.

Y la dejó con los brazos extendidos pidiendo ocho días, nada más ocho días.

«Que no se me olvide decirle a don Pedro —¡vaya muchacho listo ese Pedro!—, decirle que no se le olvide decirle al juez que los bienes son mancomunados. "Acuérdate, Fulgor, de decírselo mañana mismo."»

La Dolores, en cambio, corrió a la cocina con un aguamanil para poner agua caliente: "Voy a hacer que esto baje más pronto. Que baje esta misma noche. Pero de todas maneras me durará mis tres días. No tendrá remedio. ¡Qué felicidad! ¡Oh, qué felicidad! Gracias, Dios mío, por darme a don Pedro." Y añadió: "Aunque después me aborrezca."

—YA ESTÁ PEDIDA y muy de acuerdo. El padre cura quiere sesenta pesos por pasar por alto lo de las amonestaciones. Le dije que se le darían a su debido tiempo. Él dice que le hace falta componer el altar y que la mesa de su comedor está toda desconchinflada. Le prometí que le mandaríamos una mesa nueva. Dice que usted nunca va a misa. Le prometí que iría. Y desde que murió su abuela ya no le han dado los diezmos. Le dije que no se preocupara. Está conforme.

—¿No le pediste algo adelantado a la Dolores?

—No, patrón. No me atreví. Ésa es la verdad. Estaba tan contenta que no quise estropearle su entusiasmo.

—Eres un niño.

«¡Vaya! Yo un niño. Con 55 años encima. Él apenas comenzando a vivir y yo a pocos pasos de la muerte.»

—No quise quebrarle su contento.

—A pesar de todo, eres un niño.

—Está bien, patrón.

—La semana venidera irás con el Aldrete. Y le dices que recorra el lienzo. Ha invadido tierras de la Media Luna.

—Él hizo bien sus mediciones. A mí me consta.

—Pues dile que se equivocó. Que estuvo mal calculado. Derrumba los lienzos si es preciso.

—¿Y las leyes?

—¿Cuáles leyes, Fulgor? La ley de ahora en adelante la vamos a hacer nosotros. ¿Tienes trabajando en la Media Luna a algún atravesado?

—Sí, hay uno que otro.

—Pues mándalos en comisión con el Aldrete. Le levantas un acta acusándolo de "usufruto" o de lo que a ti se te ocurra. Y recuérdale que Lucas Páramo ya murió. Que conmigo hay que hacer nuevos tratos.

El cielo era todavía azul. Había pocas nubes. El aire soplaba allá arriba, aunque aquí abajo se convertía en calor.

Tocó nuevamente con el mango del chicote, nada más por insistir, ya que sabía que no abrirían hasta que se le antojara a Pedro Páramo. Dijo mirando hacia el dintel de la puerta: "Se ven bonitos esos moños negros, lo que sea de cada quien."
En ese momento abrieron y él entró.
—Pasa, Fulgor. ¿Está arreglado el asunto de Toribio Aldrete?
—Está liquidado, patrón.
—Nos queda la cuestión de los Fregosos. Deja eso pendiente. Ahorita estoy muy ocupado con mi "luna de miel".

—Este pueblo está lleno de ecos. Tal parece que estuvieran encerrados en el hueco de las paredes o debajo de las piedras. Cuando caminas, sientes que te van pisando los pasos. Oyes crujidos. Risas. Unas risas ya muy viejas, como cansadas de reír. Y voces ya desgastadas por el uso. Todo eso oyes. Pienso que llegará el día en que estos sonidos se apaguen.
Eso me venía diciendo Damiana Cisneros mientras cruzábamos el pueblo.
—Hubo un tiempo que estuve oyendo durante muchas noches el rumor de una fiesta. Me llegaban los ruidos hasta la Media Luna. Me acerqué para ver el mitote aquel y vi esto: lo que estamos viendo ahora. Nada. Nadie. Las calles tan solas como ahora.
»Luego dejé de oírla. Y es que la alegría cansa. Por eso no me extrañó que aquello terminara.

»Sí —volvió a decir Damiana Cisneros—. Este pueblo está lleno de ecos. Yo ya no me espanto. Oigo el aullido de los perros y dejo que aúllen. Y en días de aire se ve al viento arrastrando hojas de árboles, cuando aquí, como tú ves, no hay árboles. Los hubo en algún tiempo, porque si no ¿de dónde saldrían esas hojas?

»Y lo peor de todo es cuando oyes platicar a la gente, como si las voces salieran de alguna hendidura y, sin embargo, tan claras que las reconoces. Ni más ni menos, ahora que venía, encontré un velorio. Me detuve a rezar un Padre nuestro. En esto estaba, cuando una mujer se apartó de las demás y vino a decirme:

»—¡Damiana! ¡Ruega a Dios por mí, Damiana!

»Soltó el rebozo y reconocí la cara de mi hermana Sixtina.

»—¿Qué andas haciendo aquí? —le pregunté.

»Entonces ella corrió a esconderse entre las demás mujeres.

»Mi hermana Sixtina, por si no lo sabes, murió cuando yo tenía 12 años. Era la mayor. Y en mi casa fuimos dieciséis de familia, así que hazte el cálculo del tiempo que lleva muerta. Y mírala ahora, todavía vagando por este mundo. Así que no te asustes si oyes ecos más recientes, Juan Preciado.»

—¿También a usted le avisó mi madre que yo vendría? —le pregunté.

—No. Y a propósito, ¿qué es de tu madre?

—Murió —dije.

—¿Ya murió? ¿Y de qué?

—No supe de qué. Tal vez de tristeza. Suspiraba mucho.

—Eso es malo. Cada suspiro es como un sorbo de vida del que uno se deshace. ¿De modo que murió?

—Sí. Quizá usted debió saberlo.

—¿Y por qué iba a saberlo? Hace muchos años que no sé nada.

—Entonces ¿cómo es que dio usted conmigo?

—...

—¿Está usted viva, Damiana? ¡Dígame, Damiana!

Y me encontré de pronto solo en aquellas calles vacías. Las ventanas de las casas abiertas al cielo, dejando asomar las varas correosas de la yerba. Bardas descarapeladas que enseñaban sus adobes revenidos.

—¡Damiana! —grité—. ¡Damiana Cisneros!

Me contestó el eco: "¡...ana ...neros! ¡...ana ...neros!"

Oí QUE LADRABAN los perros, como si yo los hubiera despertado.

Vi un hombre cruzar la calle:

—¡Ey, tú! —llamé.

—¡Ey, tú! —me respondió mi propia voz.

Y como si estuvieran a la vuelta de la esquina, alcancé a oír a unas mujeres que platicaban:

—Mira quién viene por allí. ¿No es Filoteo Aréchiga?

—Es él. Pon la cara de disimulo.

—Mejor vámonos. Si se va detrás de nosotras es que de verdad quiere a una de las dos. ¿A quién crees tú que sigue?

—Seguramente a ti.

—A mí se me figura que a ti.

—Deja ya de correr. Se ha quedado parado en aquella esquina.

—Entonces a ninguna de las dos, ¿ya ves?

—Pero qué tal si hubiera resultado que a ti o a mí. ¿Qué tal?

—No te hagas ilusiones.

—Después de todo estuvo hasta mejor. Dicen por ahi los díceres que es él el que se encarga de conchabarle muchachas a don Pedro. De la que nos escapamos.
—¿Ah, sí? Con ese viejo no quiero tener nada que ver.
—Mejor vámonos.
—Dices bien. Vámonos de aquí.

LA NOCHE. MUCHO más allá de la medianoche. Y las voces:
—...Te digo que si el maíz de este año se da bien, tendré con qué pagarte. Ahora que si se me echa a perder, pues te aguantas.
—No te exijo. Ya sabes que he sido consecuente contigo. Pero la tierra no es tuya. Te has puesto a trabajar en terreno ajeno. ¿De dónde vas a conseguir para pagarme?
—¿Y quién dice que la tierra no es mía?
—Se afirma que se la has vendido a Pedro Páramo.
—Yo ni me le he acercado a ese señor. La tierra sigue siendo mía.
—Eso dices tú. Pero por ahi dicen que todo es de él.
—Que me lo vengan a decir a mí.
—Mira, Galileo, yo a ti, aquí en confianza, te aprecio. Por algo eres el marido de mi hermana. Y de que la tratas bien, ni quien lo dude. Pero a mí no me vas a negar que vendiste las tierras.
—Te digo que a nadie se las he vendido.
—Pues son de Pedro Páramo. Seguramente él así lo ha dispuesto. ¿No te ha venido a ver don Fulgor?
—No.
—Seguramente mañana lo verás venir. Y si no mañana, cualquier otro día.

—Pues me mata o se muere; pero no se saldrá con la suya.
—Requiescat in paz, amén, cuñado. Por si las dudas.
—Me volverás a ver, ya lo verás. Por mí no tengas cuidado. Por algo mi madre me curtió bien el pellejo para que se me pusiera correoso.
—Entonces hasta mañana. Dile a Felícitas que esta noche no voy a cenar. No me gustaría contar después: "Yo estuve con él la víspera."
—Te guardaremos algo por si te animas a última hora.
Se oyó el trastazo de los pasos que se iban entre un ruido de espuelas.

—...Mañana, en amaneciendo, te irás conmigo, Chona. Ya tengo aparejadas las bestias.
—¿Y si mi padre se muere de la rabia? Con lo viejo que está... Nunca me perdonaría que por mi causa le pasara algo. Soy la única gente que tiene para hacerle hacer sus necesidades. Y no hay nadie más. ¿Qué prisa corres para robarme? Aguántate un poquito. Él no tardará en morirse.
—Lo mismo me dijiste hace un año. Y hasta me echaste en cara mi falta de arriesgue, ya que tú estabas, según eso, harta de todo. He aprontado las mulas y están listas. ¿Te vas conmigo?
—Déjamelo pensar.
—¡Chona! No sabes cuánto me gustas. Ya no puedo aguantar las ganas, Chona. Así que te vas conmigo o te vas conmigo.
—Déjamelo pensar. Entiende. Tenemos que esperar a que él se muera. Le falta poquito. Entonces me iré contigo y no necesitarás robarme.
—Eso me dijiste también hace un año.

—¿Y qué?

—Pues que he tenido que alquilar las mulas. Ya las tengo. Nomás te están esperando. ¡Deja que él se las avenga solo! Tú estás bonita. Eres joven. No faltará cualquier vieja que venga a cuidarlo. Aquí sobran almas caritativas.

—No puedo.

—Que sí puedes.

—No puedo. Me da pena, ¿sabes? Por algo es mi padre.

—Entonces ni hablar. Iré a ver a la Juliana, que se desvive por mí.

—Está bien. Yo no te digo nada.

—¿No me quieres ver mañana?

—No. No quiero verte más.

RUIDOS. VOCES. RUMORES. Canciones lejanas:

Mi novia me dio un pañuelo
con orillas de llorar...

En falsete. Como si fueran mujeres las que cantaran.

VI PASAR LAS carretas. Los bueyes moviéndose despacio. El crujir de las piedras bajo las ruedas. Los hombres como si vinieran dormidos.

«*...Todas las madrugadas el pueblo tiembla con el paso de las carretas. Llegan de todas partes, copeteadas de salitre, de mazorcas, de yerba de pará. Rechinan sus ruedas haciendo vibrar las ventanas, despertando a la gente. Es la misma hora en que se abren los hornos y huele a pan recién horneado. Y de pronto puede tronar el* *cielo. Caer la lluvia. Puede venir la primavera. Allá te acostumbrarás a los "derrepentes", mi hijo.*»

Carretas vacías, remoliendo el silencio de las calles. Perdiéndose en el oscuro camino de la noche. Y las sombras. El eco de las sombras.

Pensé regresar. Sentí allá arriba la huella por donde había venido, como una herida abierta entre la negrura de los cerros.

Entonces alguien me tocó los hombros.

—¿Qué hace usted aquí?

—Vine a buscar... —y ya iba a decir a quién, cuando me detuve—: vine a buscar a mi padre.

—¿Y por qué no entra?

Entré. Era una casa con la mitad del techo caída. Las tejas en el suelo. El techo en el suelo. Y en la otra mitad un hombre y una mujer.

—¿No están ustedes muertos? —les pregunté.

Y la mujer sonrió. El hombre me miró seriamente.

—Está borracho —dijo el hombre.

—Solamente está asustado —dijo la mujer.

Había un aparato de petróleo. Había una cama de otate, y un equipal en que estaban las ropas de ella. Porque ella estaba en cueros, como Dios la echó al mundo. Y él también.

—Oímos que alguien se quejaba y daba de cabezazos contra nuestra puerta. Y allí estaba usted. ¿Qué es lo que le ha pasado?

—Me han pasado tantas cosas, que mejor quisiera dormir.

—Nosotros ya estábamos dormidos.

—Durmamos, pues.

LA MADRUGADA FUE apagando mis recuerdos.

Oía de vez en cuando el sonido de las palabras, y notaba la diferencia. Porque las palabras que había oído hasta entonces, hasta entonces lo supe, no tenían ningún sonido, no sonaban; se sentían; pero sin sonido, como las que se oyen durante los sueños.

—¿Quién será? —preguntaba la mujer.

—Quién sabe —contestaba el hombre.

—¿Cómo vendría a dar aquí?

—Quién sabe.

—Como que le oí decir algo de su padre.

—Yo también le oí decir eso.

—¿No andará perdido? Acuérdate cuando cayeron por aquí aquellos que dijeron andar perdidos. Buscaban un lugar llamado Los Confines y tú les dijiste que no sabías dónde quedaba eso.

—Sí, me acuerdo; pero déjame dormir. Todavía no amanece.

—Falta poco. Si por algo te estoy hablando es para que despiertes. Me encomendaste que te recordara antes del amanecer. Por eso lo hago. ¡Levántate!

—¿Y para qué quieres que me levante?

—No sé para qué. Me dijiste anoche que te despertara. No me aclaraste para qué.

—En ese caso, déjame dormir. ¿No oíste lo que dijo ése cuando llegó? Que lo dejáramos dormir. Fue lo único que dijo.

Como que se van las voces. Como que se pierde su ruido. Como que se ahogan. Ya nadie dice nada. Es el sueño.

Y al rato otra vez:

—Acaba de moverse. Si se ofrece, ya va a despertar. Y si nos mira aquí nos preguntará cosas.

—¿Qué preguntas puede hacernos?

—Bueno. Algo tendrá que decir, ¿no?
—Déjalo. Debe estar muy cansado.
—¿Crees tú?
—Ya cállate, mujer.
—Mira, se mueve. ¿Te fijas cómo se revuelca? Igual que si lo zangolotearan por dentro. Lo sé porque a mí me ha sucedido.
—¿Qué te ha sucedido a ti?
—Aquello.
—No sé de qué hablas.
—No hablaría si no me acordara al ver a ése, rebulléndose, de lo que me sucedió a mí la primera vez que lo hiciste. Y de cómo me dolió y de lo mucho que me arrepentí de eso.
—¿De cuál eso?
—De cómo me sentía apenas me hiciste aquello, que aunque tú no quieras yo supe que estaba mal hecho.
—¿Y hasta ahora vienes con ese cuento? ¿Por qué no te duermes y me dejas dormir?
—Me pediste que te recordara. Eso estoy haciendo. Por Dios que estoy haciendo lo que me pediste que hiciera. ¡Ándale! Ya va siendo hora de que te levantes.
—Déjame en paz, mujer.

El hombre pareció dormir. La mujer siguió rezongando; pero con voz muy queda:

—Ya debe haber amanecido, porque hay luz. Puedo ver a ese hombre desde aquí, y si lo veo es porque hay luz bastante para verlo. No tardará en salir el sol. Claro, eso ni se pregunta. Si se ofrece, el tal es algún malvado. Y le hemos dado cobijo. No le hace que nomás haya sido por esta noche; pero lo escondimos. Y eso nos traerá el mal a la larga... Míralo cómo se mueve, como que no encuentra acomodo. Si se ofrece ya no puede con su alma.

Aclaraba el día. El día desbarata las sombras. Las deshace. El cuarto donde estaba se sentía caliente con el calor de los cuerpos dormidos. A través de los párpados me llegaba el albor del amanecer. Sentía la luz. Oía:

—Se rebulle sobre sí mismo como un condenado. Y tiene todas las trazas de un mal hombre. ¡Levántate, Donis! Míralo. Se restriega contra el suelo, retorciéndose. Babea. Ha de ser alguien que debe muchas muertes. Y tú ni lo reconociste.

—Debe ser un pobre hombre. ¡Duérmete y déjanos dormir!

—¿Y por qué me voy a dormir, si yo no tengo sueño?

—¡Levántate y lárgate adonde no des guerra!

—Eso haré. Iré a prender la lumbre. Y de paso le diré a ese fulano que venga a acostarse aquí contigo, en el lugar que yo voy a dejarle.

—Díselo.

—No podré. Me dará miedo.

—Entonces vete a hacer tu quehacer y déjanos en paz.

—Eso haré.

—¿Y qué esperas?

—Ya voy.

Sentí que la mujer bajaba de la cama. Sus pies descalzos taconeaban el suelo y pasaban por encima de mi cabeza. Abrí y cerré los ojos.

Cuando desperté, había un sol de mediodía. Junto a mí, un jarro de café. Intenté beber aquello. Le di unos sorbos.

—No tenemos más. Perdone lo poco. Estamos tan escasos de todo, tan escasos...

Era una voz de mujer.

—No se preocupe por mí —le dije—. Por mí no se preocupe. Estoy acostumbrado. ¿Cómo se va uno de aquí?

—¿Para dónde?

—Para donde sea.
—Hay multitud de caminos. Hay uno que va para Contla; otro que viene de allá. Otro más que enfila derecho a la sierra. Ese que se mira desde aquí, que no sé para dónde irá —y me señaló con sus dedos el hueco del tejado, allí donde el techo estaba roto—. Este otro de por acá, que pasa por la Media Luna. Y hay otro más, que atraviesa toda la tierra y es el que va más lejos.
—Quizá por ése fue por donde vine.
—¿Para dónde va?
—Va para Sayula.
—Imagínese usted. Yo que creía que Sayula quedaba de este lado. Siempre me ilusionó conocerlo. Dicen que por allá hay mucha gente, ¿no?
—La que hay en todas partes.
—Figúrese usted. Y nosotros aquí tan solos. Desviviéndonos por conocer aunque sea tantito de la vida.
—¿Adónde fue su marido?
—No es mi marido. Es mi hermano; aunque él no quiere que se sepa. ¿Que adónde fue? De seguro a buscar un becerro cimarrón que anda por ahi desbalagado. Al menos eso me dijo.
—¿Cuánto hace que están ustedes aquí?
—Desde siempre. Aquí nacimos.
—Debieron conocer a Dolores Preciado.
—Tal vez él, Donis. Yo sé tan poco de la gente. Nunca salgo. Aquí donde me ve, aquí he estado sempiternamente... Bueno, ni tan siempre. Sólo desde que él me hizo su mujer. Desde entonces me la paso encerrada, porque tengo miedo de que me vean. Él no quiere creerlo, pero, ¿verdad que estoy para dar miedo? —y se acercó adonde le daba el sol—. ¡Míreme la cara!

Era una cara común y corriente.

—¿Qué es lo que quiere que le mire?

—¿No me ve el pecado? ¿No ve esas manchas moradas como de jiote que me llenan de arriba abajo? Y eso es sólo por fuera; por dentro estoy hecha un mar de lodo.

—¿Y quién la puede ver si aquí no hay nadie? He recorrido el pueblo y no he visto a nadie.

—Eso cree usted; pero todavía hay algunos. ¿Dígame si Filomeno no vive, si Dorotea, si Melquiades, si Prudencio el viejo, si Sóstenes y todos ésos no viven? Lo que acontece es que se la pasan encerrados. De día no sé qué harán; pero las noches se las pasan en su encierro. Aquí esas horas están llenas de espantos. Si usted viera el gentío de ánimas que andan sueltas por la calle. En cuanto oscurece comienzan a salir. Y a nadie le gusta verlas. Son tantas, y nosotros tan poquitos, que ya ni la lucha le hacemos para rezar porque salgan de sus penas. No ajustarían nuestras oraciones para todos. Si acaso les tocaría un pedazo de Padre nuestro. Y eso no les puede servir de nada. Luego están nuestros pecados de por medio. Ninguno de los que todavía vivimos está en gracia de Dios. Nadie podrá alzar sus ojos al Cielo sin sentirlos sucios de vergüenza. Y la vergüenza no cura. Al menos eso me dijo el obispo que pasó por aquí hace algún tiempo dando confirmaciones. Yo me le puse enfrente y le confesé todo:

»—Eso no se perdona —me dijo.

»—Estoy avergonzada.

»—No es el remedio.

»—¡Cásenos usted!

»—¡Apártense!

»Yo le quise decir que la vida nos había juntado, acorralándonos y puesto uno junto al otro. Estábamos tan solos aquí, que los únicos éramos nosotros. Y de algún modo había que poblar el pueblo. Tal vez tenga ya a quién confirmar cuando regrese.

»—Sepárense. Eso es todo lo que se puede hacer.

»—Pero ¿cómo viviremos?

»—Como viven los hombres.

»Y se fue, montado en su macho, la cara dura, sin mirar hacia atrás, como si hubiera dejado aquí la imagen de la perdición. Nunca ha vuelto. Y ésa es la cosa por la que esto está lleno de ánimas; un puro vagabundear de gente que murió sin perdón y que no lo conseguirá de ningún modo, mucho menos valiéndose de nosotros. Ya viene. ¿Lo oye usted?»

—Sí, lo oigo.

—Es él.

Se abrió la puerta.

—¿Qué pasó con el becerro? —preguntó ella.

—Se le ocurrió no venir ahora; pero fui siguiendo su rastro y casi estoy por saber dónde asiste. Hoy en la noche lo agarraré.

—¿Me vas a dejar sola a la noche?

—Puede ser que sí.

—No podré soportarlo. Necesito tenerte conmigo. Es la única hora que me siento tranquila. La hora de la noche.

—Esta noche iré por el becerro.

—Acabo de saber —intervine yo— que son ustedes hermanos.

—¿Lo acaba de saber? Yo lo sé mucho antes que usted. Así que mejor no intervenga. No nos gusta que se hable de nosotros.

—Yo lo decía en un plan de entendimiento. No por otra cosa.

—¿Qué entiende usted?

Ella se puso a su lado, apoyándose en sus hombros y diciendo también:

—¿Qué entiende usted?

—Nada —dije—. Cada vez entiendo menos —y añadí—: Quisiera volver al lugar de donde vine. Aprovecharé la poca luz que queda del día.

—Es mejor que espere —me dijo él—. Aguarde hasta mañana. No tarda en oscurecer y todos los caminos están enmarañados de breñas. Puede usted perderse. Mañana yo lo encaminaré.

—Está bien.

Por el techo abierto al cielo vi pasar parvadas de tordos, esos pájaros que vuelan al atardecer antes que la oscuridad les cierre los caminos. Luego, unas cuantas nubes ya desmenuzadas por el viento que viene a llevarse el día.

Después salió la estrella de la tarde, y más tarde la luna.

El hombre y la mujer no estaban conmigo. Salieron por la puerta que daba al patio y cuando regresaron ya era de noche. Así que ellos no supieron lo que había sucedido mientras andaban afuera.

Y esto fue lo que sucedió:

Viniendo de la calle, entró una mujer en el cuarto. Era vieja de muchos años, y flaca como si le hubieran achicado el cuero. Entró y paseó sus ojos redondos por el cuarto. Tal vez hasta me vio. Tal vez creyó que yo dormía. Se fue derecho adonde estaba la cama y sacó de debajo de ella una petaca. La esculcó. Puso unas sábanas debajo de su brazo y se fue andando de puntitas como para no despertarme.

Yo me quedé tieso, aguantando la respiración, buscando mirar hacia otra parte. Hasta que al fin logré torcer la cabeza y ver hacia allá, donde la estrella de la tarde se había juntado con la luna.

—¡Tome esto! —oí.

No me atrevía a volver la cabeza.

—¡Tómelo! Le hará bien. Es agua de azahar. Sé que está asustado porque tiembla. Con esto se le bajará el miedo.

Reconocí aquellas manos y al alzar los ojos reconocí la cara. El hombre, que estaba detrás de ella, preguntó:

—¿Se siente usted enfermo?

—No sé. Veo cosas y gente donde quizá ustedes no vean nada. Acaba de estar aquí una señora. Ustedes tuvieron que verla salir.

—Vente —le dijo él a la mujer—. Déjalo solo. Debe ser un místico.

—Debemos acostarlo en la cama. Mira cómo tiembla, de seguro tiene fiebre.

—No le hagas caso. Estos sujetos se ponen en ese estado para llamar la atención. Conocí a uno en la Media Luna que se decía adivino. Lo que nunca adivinó fue que se iba a morir en cuanto el patrón le adivinó lo chapucero. Ha de ser un místico de esos. Se pasan la vida recorriendo los pueblos "a ver lo que la Providencia quiera darles"; pero aquí no va a encontrar ni quien le quite el hambre. ¿Ves cómo ya dejó de temblar? Y es que nos está oyendo.

Como si hubiera retrocedido el tiempo. Volví a ver la estrella junto a la luna. Las nubes deshaciéndose. Las parvadas de los tordos. Y en seguida la tarde todavía llena de luz.

Las paredes reflejando el sol de la tarde. Mis pasos rebotando contra las piedras. El arriero que me decía: "¡Busque a doña Eduviges, si todavía vive!"

Luego un cuarto a oscuras. Una mujer roncando a mi lado. Noté que su respiración era dispareja como si estuviera entre sueños, más bien como si no durmiera y sólo imitara los ruidos que produce el sueño. La cama era de otate cubierta con costales que olían a orines, como si nunca los hubieran oreado al sol; y la almohada era una jerga que envolvía pochote o una lana tan dura o tan sudada que se había endurecido como leño.

Junto a mis rodillas sentía las piernas desnudas de la mujer, y junto a mi cara su respiración. Me senté en la cama apoyándome en aquel como adobe de la almohada.

—¿No duerme usted? —me preguntó ella.

—No tengo sueño. He dormido todo el día. ¿Dónde está su hermano?

—Se fue por esos rumbos. Ya usted oyó adonde tenía que ir. Quizá no venga esta noche.

—¿De manera que siempre se fue? ¿A pesar de usted?

—Sí. Y tal vez no regrese. Así comenzaron todos. Que voy a ir aquí, que voy a ir más allá. Hasta que se fueron alejando tanto, que mejor no volvieron. Él siempre ha tratado de irse, y creo que ahora le ha llegado su turno. Quizá sin yo saberlo, me dejó con usted para que me cuidara. Vio su oportunidad. Eso del becerro cimarrón fue sólo un pretexto. Ya verá usted que no vuelve.

Quise decirle: "Voy a salir a buscar un poco de aire, porque siento náuseas"; pero dije:

—No se preocupe. Volverá.

Cuando me levanté, me dijo:

—He dejado en la cocina algo sobre las brasas. Es muy poco; pero es algo que puede calmarle el hambre.

Encontré un trozo de cecina y encima de las brasas unas tortillas.

—Son cosas que le pude conseguir —oí que me decía desde allá—. Se las cambié a mi hermana por dos sábanas limpias que yo tenía guardadas desde el tiempo de mi madre. Ella ha de haber venido a recogerlas. No se lo quise decir delante de Donis; pero fue ella la mujer que usted vio y que lo asustó tanto.

Un cielo negro, lleno de estrellas. Y junto a la luna la estrella más grande de todas.

—¿No me oyes? —pregunté en voz baja.

Y su voz me respondió:

—¿Dónde estás?

—Estoy aquí, en tu pueblo. Junto a tu gente. ¿No me ves?

—No, hijo, no te veo.

Su voz parecía abarcarlo todo. Se perdía más allá de la tierra.

—No te veo.

REGRESÉ AL MEDIOTECHO donde dormía aquella mujer y le dije:

—Me quedaré aquí, en mi mismo rincón. Al fin y al cabo la cama está igual de dura que el suelo. Si algo se le ofrece, avíseme.

Ella me dijo:

—Donis no volverá. Se lo noté en los ojos. Estaba esperando que alguien viniera para irse. Ahora tú te encargarás de cuidarme. ¿O qué, no quieres cuidarme? Vente a dormir aquí conmigo.

—Aquí estoy bien.

—Es mejor que te subas a la cama. Allí te comerán las turicatas.

Entonces fui y me acosté con ella.

El calor me hizo despertar al filo de la medianoche. Y el sudor. El cuerpo de aquella mujer hecho de tierra, envuelto en costras de tierra, se desbarataba como si estuviera derritiéndose en un charco de lodo. Yo me sentía nadar entre el sudor que chorreaba de ella y me faltó el aire que se necesita para respirar. Entonces me levanté. La mujer dormía. De su boca borbotaba un ruido de burbujas muy parecido al del estertor.

Salí a la calle para buscar el aire; pero el calor que me perseguía no se despegaba de mí.

Y es que no había aire; sólo la noche entorpecida y quieta, acalorada por la canícula de agosto.

No había aire. Tuve que sorber el mismo aire que salía de mi boca, deteniéndolo con las manos antes de que se fuera. Lo sentía ir y venir, cada vez menos; hasta que se hizo tan delgado que se filtró entre mis dedos para siempre.

Digo para siempre.

Tengo memoria de haber visto algo así como nubes espumosas haciendo remolino sobre mi cabeza y luego enjuagarme con aquella espuma y perderme en su nublazón. Fue lo último que vi.

—¿Quieres hacerme creer que te mató el ahogo, Juan Preciado? Yo te encontré en la plaza, muy lejos de la casa de Donis, y junto a mí también estaba él, diciendo que te estabas haciendo el muerto. Entre los dos te arrastramos a la sombra del portal, ya bien tirante, acalambrado como mueren los que mueren muertos de miedo. De no haber habido aire para respirar esa noche de que hablas, nos hubieran faltado las fuerzas para llevarte y contimás para enterrarte. Y ya ves, te enterramos.

—Tienes razón, Doroteo. ¿Dices que te llamas Doroteo?

—Da lo mismo. Aunque mi nombre sea Dorotea. Pero da lo mismo.

—Es cierto, Dorotea. Me mataron los murmullos.

«*Allá hallarás mi querencia. El lugar que yo quise. Donde los sueños me enflaquecieron. Mi pueblo, levantado sobre la llanura. Lleno de árboles y de hojas, como una alcancía donde hemos guardado nuestros recuerdos. Sentirás que allí uno quisiera vivir para la eternidad. El amanecer; la mañana; el mediodía y la noche, siempre los mismos; pero con la diferencia del aire. Allí, donde el aire cambia el color de las cosas; donde se ventila la vida como si fuera un murmullo; como si fuera un puro murmullo de la vida...*»

—Sí, Dorotea. Me mataron los murmullos. Aunque ya traía retrasado el miedo. Se me había venido juntando, hasta que ya no pude soportarlo. Y cuando me encontré con los murmullos se me reventaron las cuerdas.

»Llegué a la plaza, tienes tú razón. Me llevó hasta allí el bullicio de la gente y creí que de verdad la había. Yo ya no estaba muy en mis cabales; recuerdo que me vine apoyando en las paredes como si caminara con las manos. Y de las paredes parecían destilar los murmullos como si se filtraran de entre las grietas y las descarapeladuras. Yo los oía. Eran voces de gente; pero no voces claras, sino secretas, como si me murmuraran algo al pasar, o como si zumbaran contra mis oídos. Me aparté de las paredes y seguí por mitad de la calle; pero las oía igual, igual que si vinieran conmigo, delante o detrás de mí. No sentía calor, como te dije antes; antes por el contrario, sentía frío. Desde que salí de la casa de aquella mujer que me prestó su cama y que, como te decía, la vi deshacerse en el agua de su sudor, desde entonces me entró frío. Y conforme yo andaba, el frío aumentaba más y más, hasta que se me enchinó el pellejo. Quise retroceder porque pensé que regresando podría encontrar el calor que acababa de dejar; pero me di cuenta a poco andar que el frío salía de mí, de mi propia sangre. Entonces reconocí que estaba asustado. Oí el alboroto mayor en la plaza y creí que allí entre la gente se me bajaría el miedo. Por eso es que ustedes me encontraron en la plaza. ¿De modo que siempre volvió Donis? La mujer estaba segura de que jamás lo volvería a ver.»

—Fue ya de mañana cuando te encontramos. Él venía de no sé dónde. No se lo pregunté.

—Bueno, pues llegué a la plaza. Me recargué en un pilar de los portales. Vi que no había nadie, aunque seguía oyendo el murmullo como de mucha gente en día de mercado. Un rumor parejo, sin ton ni son, parecido al que hace el viento contra las ramas de un árbol en la noche, cuando no se ven ni el árbol ni las ramas, pero se oye el murmurar. Así. Ya no di un paso más. Comencé a sentir que se me acercaba y daba vueltas a mi alrededor aquel bisbiseo apretado como un enjambre, hasta que alcancé a distinguir unas palabras casi vacías de ruido: "Ruega a Dios por nosotros." Eso oí que me decían. Entonces se me heló el alma. Por eso es que ustedes me encontraron muerto.

—Mejor no hubieras salido de tu tierra. ¿Qué viniste a hacer aquí?

—Ya te lo dije en un principio. Vine a buscar a Pedro Páramo, que según parece fue mi padre. Me trajo la ilusión.

—¿La ilusión? Eso cuesta caro. A mí me costó vivir más de lo debido. Pagué con eso la deuda de encontrar a mi hijo, que no fue, por decirlo así, sino una ilusión más; porque nunca tuve ningún hijo. Ahora que estoy muerta me he dado tiempo para pensar y enterarme de todo. Ni siquiera el nido para guardarlo me dio Dios. Sólo esa larga vida arrastrada que tuve, llevando de aquí para allá mis ojos tristes que siempre miraron de reojo, como buscando detrás de la gente, sospechando que alguien me hubiera escondido a mi niño. Y todo fue culpa de un maldito sueño. He tenido dos: a uno de ellos lo llamo el "bendito" y a otro el "maldito". El primero fue el que me hizo soñar que había tenido un hijo. Y mientras viví, nunca dejé de creer que fuera cierto; porque lo sentí entre mis brazos, tiernito, lleno de boca y de ojos y de manos; durante mucho tiempo conservé en mis dedos la impresión de sus ojos dormidos y el palpitar de su corazón. ¿Cómo no iba a pensar que aquello fuera verdad? Lo llevaba conmigo adondequiera que iba, envuelto en mi rebozo, y de pronto lo perdí. En el Cielo me dijeron que se habían equivocado conmigo. Que me habían dado un corazón de madre, pero un seno de una cualquiera. Ése fue el otro sueño que tuve. Llegué al Cielo y me asomé a ver si entre los ángeles reconocía la cara de mi hijo. Y nada. Todas las caras eran iguales, hechas con el mismo molde. Entonces pregunté. Uno de aquellos santos se me acercó y, sin decirme nada, hundió una de sus manos en mi estómago como si la hubiera hundido en un montón de cera. Al sacarla me enseñó algo así como una cáscara de nuez: "Esto prueba lo que te demuestra."

»Tú sabes cómo hablan raro allá arriba; pero se les entiende. Les quise decir que aquello era sólo mi estómago engarruñado por las hambres y por el poco comer; pero otro de aquellos santos me empujó por los hombros y me enseñó la puerta de salida: "Ve a descansar un poco más a la tierra, hija, y procura ser buena para que tu Purgatorio sea menos largo."

»Ése fue el sueño "maldito" que tuve y del cual saqué la aclaración de que nunca había tenido ningún hijo. Lo supe ya muy tarde, cuando el cuerpo se me había achaparrado, cuando el espinazo se me saltó por encima de la cabeza, cuando ya no podía caminar. Y de remate, el pueblo se fue quedando solo; todos largaron camino para otros rumbos y con ellos se fue también la caridad de la que yo vivía. Me senté a esperar la muerte. Después que te encontramos a ti, se resolvieron mis huesos a quedarse quietos. "Nadie me hará caso", pensé. Soy algo que no le estorba a nadie. Ya ves, ni siquiera le robé el espacio a la tierra. Me enterraron en tu misma sepultura y cupe muy bien en el hueco de tus brazos. Aquí en este rincón donde me tienes ahora. Sólo se me ocurre que debería ser yo la que te tuviera abrazado a ti. ¿Oyes? Allá afuera está lloviendo. ¿No sientes el golpear de la lluvia?»

—Siento como si alguien caminara sobre nosotros.

—Ya déjate de miedos. Nadie te puede dar ya miedo. Haz por pensar en cosas agradables porque vamos a estar mucho tiempo enterrados.

AL AMANECER, GRUESAS gotas de lluvia cayeron sobre la tierra. Sonaban huecas al estamparse en el polvo blando y suelto de los surcos. Un pájaro burlón cruzó a ras del suelo y gimió imitando el quejido de un niño; más allá se le oyó dar un gemido como de cansancio, y todavía más lejos, por donde comenzaba a abrirse el horizonte, soltó un hipo y luego una risotada, para volver a gemir después.

Fulgor Sedano sintió el olor de la tierra y se asomó a ver cómo la lluvia desfloraba los surcos. Sus ojos pequeños se alegraron. Dio hasta tres bocanadas de aquel sabor y sonrió hasta enseñar los dientes.

«¡Vaya! —dijo—. Otro buen año se nos echa encima.» Y añadió: "Ven, agüita, ven. ¡Déjate caer hasta que te canses! Después córrete para allá, acuérdate que hemos abierto a la labor toda la tierra, nomás para que te des gusto."

Y soltó la risa.

El pájaro burlón que regresaba de recorrer los campos pasó casi frente a él y gimió con un gemido desgarrado.

El agua apretó su lluvia hasta que allá, por donde comenzaba a amanecer, se cerró el cielo y pareció que la oscuridad, que ya se iba, regresaba.

La puerta grande de la Media Luna rechinó al abrirse, remojada por la brisa. Fueron saliendo primero dos, luego otros dos, después otros dos y así hasta doscientos hombres a caballo que se desparramaron por los campos lluviosos.

—Hay que aventar el ganado de Enmedio más allá de lo que fue Estagua, y el de Estagua córranlo para los cerros de Vilmayo —les iba ordenando Fulgor Sedano conforme salían—. ¡Y apriétenle, que se nos vienen encima las aguas!

Lo dijo tantas veces, que ya los últimos sólo oyeron: "De aquí para allá y de allá para más allá."

Todos y cada uno se llevaban la mano al sombrero para darle a entender que ya habían entendido.

Y apenas había acabado de salir el último hombre, cuando entró a todo galope Miguel Páramo, quien, sin detener su carrera, se apeó del caballo casi en las narices de Fulgor, dejando que el caballo buscara solo su pesebre.

—¿De dónde vienes a estas horas, muchacho?
—Vengo de ordeñar.
—¿A quién?
—¿A que no lo adivinas?
—Ha de ser a Dorotea *la Cuarraca*. Es a la única que le gustan los bebés.
—Eres un imbécil, Fulgor; pero no tienes tú la culpa.

Y se fue, sin quitarse las espuelas, a que le dieran de almorzar.

En la cocina, Damiana Cisneros también le hizo la misma pregunta:

—¿Pero de dónde llegas, Miguel?
—De por ahi, de visitar madres.
—No quiero que te enojes. Disimúlalo. ¿Cómo se te hacen los huevos?
—Como a ti te gusten.
—Te estoy hablando de buen modo, Miguel.
—Lo entiendo, Damiana. No te preocupes. Oye, ¿tú conoces a una tal Dorotea, apodada *la Cuarraca*?
—Sí. Y si tú la quieres ver, allí está afuerita. Siempre madruga para venir aquí por su desayuno. Es una que trae un molote en su rebozo y lo arrulla diciendo que es su crío. Parece ser que le sucedió alguna desgracia allá en sus tiempos; pero, como nunca habla, nadie sabe lo que le pasó. Vive de limosna.

—¡Maldito viejo! Le voy a jugar una mala pasada que hasta le harán remolino los ojos.

Después se quedó pensando si aquella mujer no le serviría para algo. Y sin dudarlo más fue hacia la puerta trasera de la cocina y llamó a Dorotea:

—Ven para acá, te voy a proponer un trato —le dijo.

Y quién sabe qué clase de proposiciones le haría, lo cierto es que cuando entró de nuevo se frotaba las manos:

—¡Vengan esos huevos! —le gritó a Damiana. Y agregó—: De hoy en adelante le darás de comer a esa mujer lo mismo que a mí, no le hace que se te ampolle el codo.

Mientras tanto, Fulgor Sedano se fue hasta las trojes a revisar la altura del maíz. Le preocupaba la merma porque aún tardaría la cosecha. A decir verdad, apenas si se había sembrado. "Quiero ver si nos alcanza." Luego añadió: "¡Ese muchacho! Igualito a su padre; pero comenzó demasiado pronto. A ese paso no creo que se logre. Se me olvidó mencionarle que ayer vinieron con la acusación de que había matado a uno. Si así sigue…"

Suspiró y trató de imaginar en qué lugar irían ya los vaqueros. Pero lo distrajo el potrillo alazán de Miguel Páramo, que se rascaba los morros contra la barda. "Ni siquiera lo ha desensillado", pensó. "Ni lo hará. Al menos don Pedro es más consecuente con uno y tiene sus ratos de calma. Aunque consiente mucho al Miguel. Ayer le comuniqué lo que había hecho su hijo y me respondió: 'Hazte a la idea de que yo fui, Fulgor; él es incapaz de hacer eso: no tiene todavía fuerza para matar a nadie. Para eso se necesita tener los riñones de este tamaño.' Puso sus manos así, como si midiera una calabaza. 'La culpa de todo lo que él haga échamela a mí.'"

—Miguel le dará muchos dolores de cabeza, don Pedro. Le gusta la pendencia.

—Déjalo moverse. Es apenas un niño. ¿Cuántos años cumplió? Tendrá diecisiete. ¿No, Fulgor?

—Puede que sí. Recuerdo que se lo trajeron recién, apenas ayer; pero es tan violento y vive tan de prisa que a veces se me figura que va jugando carreras con el tiempo. Acabará por perder, ya lo verá usted.

—Es todavía una criatura, Fulgor.

—Será lo que usted diga, don Pedro; pero esa mujer que vino ayer a llorar aquí, alegando que el hijo de usted le había matado a su marido, estaba de a tiro desconsolada. Yo sé medir el desconsuelo, don Pedro. Y esa mujer lo cargaba por kilos. Le ofrecí cincuenta hectolitros de maíz para que se olvidara del asunto; pero no los quiso. Entonces le prometí que corregiríamos el daño de algún modo. No se conformó.

—¿De quién se trataba?

—Es gente que no conozco.

—No tienes pues por qué apurarte, Fulgor. Esa gente no existe.

Llegó a las trojes y sintió el calor del maíz. Tomó en sus manos un puñado para ver si no lo había alcanzado el gorgojo. Midió la altura: "Rendirá —dijo—. En cuanto crezca el pasto ya no vamos a requerir darle maíz al ganado. Hay de sobra."

De regreso miró el cielo lleno de nubes: "Tendremos agua para un buen rato." Y se olvidó de todo lo demás.

—Allá afuera debe estar variando el tiempo. Mi madre me decía que, en cuanto comenzaba a llover, todo se llenaba de luces y del olor verde de los retoños. Me contaba cómo llegaba la marea de las nubes, cómo se echaban sobre la tierra y la descomponían cambiándole los colores... Mi madre, que vivió su infancia y sus mejores años en este pueblo y que ni siquiera pudo venir a morir aquí. Hasta para eso me mandó a mí en su lugar. Es curioso, Dorotea, cómo no alcancé a ver ni el cielo. Al menos, quizá, debe ser el mismo que ella conoció.

—No lo sé, Juan Preciado. Hacía tantos años que no alzaba la cara, que me olvidé del cielo. Y aunque lo hubiera hecho, ¿qué habría ganado? El cielo está tan alto, y mis ojos tan sin mirada, que vivía contenta con saber dónde quedaba la tierra. Además, le perdí todo mi interés desde que el padre Rentería me aseguró que jamás conocería la Gloria. Que ni siquiera de lejos la vería... Fue cosa de mis pecados; pero él no debía habérmelo dicho. Ya de por sí la vida se lleva con trabajos. Lo único que la hace a una mover los pies es la esperanza de que al morir la lleven a una de un lugar a otro; pero cuando a una le cierran una puerta y la que queda abierta es nomás la del Infierno, más vale no haber nacido... El Cielo para mí, Juan Preciado, está aquí donde estoy ahora.

—¿Y tu alma? ¿Dónde crees que haya ido?

—Debe andar vagando por la tierra como tantas otras; buscando vivos que recen por ella. Tal vez me odie por el mal trato que le di; pero eso ya no me preocupa. He descansado del vicio de sus remordimientos. Me amargaba hasta lo poco que comía, y me hacía insoportables las noches llenándomelas de pensamientos intranquilos con figuras de condenados y cosas de ésas. Cuando me senté a morir, ella me rogó que me levantara y que siguiera arrastrando la vida, como si esperara todavía algún milagro que me limpiara de culpas. Ni siquiera hice el intento: "Aquí se acaba el camino —le dije—. Ya no me quedan fuerzas para más." Y abrí la boca para que se fuera. Y se fue. Sentí cuando cayó en mis manos el hilito de sangre con que estaba amarrada a mi corazón.

Llamaron a su puerta; pero él no contestó. Oyó que siguieron tocando todas las puertas, despertando a la gente. La carrera que llevaba Fulgor —lo conoció por sus pasos— hacia la puerta grande se detuvo un momento, como si tuviera intenciones de volver a llamar. Después siguió corriendo.

Rumor de voces. Arrastrar de pisadas despaciosas como si cargaran con algo pesado.

Ruidos vagos.

Vino hasta su memoria la muerte de su padre, también en un amanecer como éste; aunque en aquel entonces la puerta estaba abierta y traslucía el color gris de un cielo hecho de ceniza, triste, como fue entonces. Y a una mujer conteniendo el llanto, recostada contra la puerta. Una madre de la que él ya se había olvidado y olvidado muchas veces diciéndole: "¡Han matado a tu padre!" Con aquella voz quebrada, deshecha, sólo unida por el hilo del sollozo.

Nunca quiso revivir ese recuerdo porque le traía otros, como si rompiera un costal repleto y luego quisiera contener el grano. La muerte de su padre que arrastró otras muertes y en cada una de ellas estaba siempre la imagen de la cara despedazada; roto un ojo, mirando vengativo el otro. Y otro y otro más, hasta que la había borrado del recuerdo cuando ya no hubo nadie que se la recordara.

—¡Descánsenlo aquí! No, así no. Hay que meterlo con la cabeza para atrás. ¡Tú! ¿Qué esperas?

Todo en voz baja.

—¿Y él?

—Él duerme. No lo despierten. No hagan ruido.

Allí estaba él, enorme, mirando la maniobra de meter un bulto envuelto en costales viejos, amarrado con sicuas de coyunda como si lo hubieran amortajado.

—¿Quién es? —preguntó.

Fulgor Sedano se acercó hasta él y le dijo:

—Es Miguel, don Pedro.

—¿Qué le hicieron? —gritó.

Esperaba oír: "Lo han matado." Y ya estaba previniendo su furia, haciendo bolas duras de rencor; pero oyó las palabras suaves de Fulgor Sedano que le decían:

—Nadie le hizo nada. Él solo encontró la muerte.

Había mecheros de petróleo aluzando la noche.

—...Lo mató el caballo —se acomidió a decir uno.

Lo tendieron en su cama, echando abajo el colchón, dejando las puras tablas donde acomodaron el cuerpo ya desprendido de las tiras con que habían venido tirando de él. Le colocaron las manos sobre el pecho y taparon su cara con un trapo negro. "Parece más grande de lo que era", dijo en secreto Fulgor Sedano.

Pedro Páramo se había quedado sin expresión ninguna, como ido. Por encima de él sus pensamientos se seguían unos a otros sin darse alcance ni juntarse. Al fin dijo:

—Estoy comenzando a pagar. Más vale empezar temprano, para terminar pronto.

No sintió dolor.

Cuando le habló a la gente reunida en el patio para agradecerles su compañía, abriéndole paso a su voz por entre el lloriqueo de las mujeres, no cortó ni el resuello ni sus palabras. Después sólo se oyó en aquella noche el piafar del potrillo alazán de Miguel Páramo.

—Mañana mandas matar ese animal para que no siga sufriendo —le ordenó a Fulgor Sedano.

—Está bien, don Pedro. Lo entiendo. El pobre se ha de sentir desolado.

—Yo también lo entiendo así, Fulgor. Y diles de paso a esas mujeres que no armen tanto escándalo, es mucho alboroto por mi muerto. Si fuera de ellas, no llorarían con tantas ganas.

EL PADRE RENTERÍA se acordaría muchos años después de la noche en que la dureza de su cama lo tuvo despierto y después lo obligó a salir. Fue la noche en que murió Miguel Páramo.

Recorrió las calles solitarias de Comala, espantando con sus pasos a los perros que husmeaban en las basuras. Llegó hasta el río y allí se entretuvo mirando en los remansos el reflejo de las estrellas que se estaban cayendo del cielo. Duró varias horas luchando con sus pensamientos, tirándolos al agua negra del río.

«El asunto comenzó —pensó— cuando Pedro Páramo, de cosa baja que era, se alzó a mayor. Fue creciendo como una mala yerba. Lo malo de esto es que todo lo obtuvo de mí: "Me acuso padre que ayer dormí con Pedro Páramo." "Me acuso padre que tuve un hijo de Pedro Páramo." "De que le presté mi hija a Pedro Páramo." Siempre esperé que él viniera a acusarse de algo; pero nunca lo hizo. Y después estiró los brazos de su maldad con ese hijo que tuvo. Al que él reconoció, sólo Dios sabe por qué. Lo que sí sé es que yo puse en sus manos ese instrumento.»

Tenía muy presente el día que se lo había llevado, apenas nacido.

Le había dicho:

—Don Pedro, la mamá murió al alumbrarlo. Dijo que era de usted. Aquí lo tiene.

Y él ni lo dudó, solamente le dijo:

—¿Por qué no se queda con él, padre? Hágalo cura.

—Con la sangre que lleva dentro no quiero tener esa responsabilidad.

—¿De verdad cree usted que tengo mala sangre?

—Realmente sí, don Pedro.

—Le probaré que no es cierto. Déjemelo aquí. Sobra quien se encargue de cuidarlo.

—En eso pensé, precisamente. Al menos con usted no le faltará el sustento.

El muchachito se retorcía, pequeño como era, como una víbora.

—¡Damiana! Encárgate de esa cosa. Es mi hijo.

Después había abierto la botella:

—Por la difunta y por usted beberé este trago.

—¿Y por él?

—Por él también, ¿por qué no?

Llenó otra copa más y los dos bebieron por el porvenir de aquella criatura.

Así fue.

Comenzaron a pasar las carretas rumbo a la Media Luna. Él se agachó, escondiéndose en el galápago que bordeaba el río. "¿De quién te escondes?", se preguntó a sí mismo.

—¡Adiós, padre! —oyó que le decían.

Se alzó de la tierra y contestó:

—¡Adiós! Que el Señor te bendiga.

Estaban apagándose las luces del pueblo. El río llenó su agua de colores luminosos.

—Padre, ¿ya dieron el alba? —preguntó otro de los carreteros.

—Debe ser mucho después del alba —respondió él. Y caminó en sentido contrario al de ellos, con intenciones de no detenerse.

—¿Adónde tan temprano, padre?

—¿Dónde está el moribundo, padre?

—¿Ha muerto alguien en Contla, padre?

Hubiera querido responderles: "Yo. Yo soy el muerto." Pero se conformó con sonreír.

Al salir del pueblo precipitó sus pasos.

Regresó entrada la mañana.

—¿Dónde estuvo usted, tío? —le preguntó Ana su sobrina—. Vinieron muchas mujeres a buscarlo. Querían confesarse por ser mañana viernes primero.

—Que regresen a la noche.

Se quedó un rato quieto, sentado en una banca del pasillo, lleno de fatiga.

—¡Qué fresco está el aire!, ¿no, Ana?

—Hace calor, tío.

—Yo no lo siento.

No quería pensar para nada que había estado en Contla, donde hizo confesión general con el señor cura, y que éste, a pesar de sus ruegos, le había negado la absolución:

—Ese hombre de quien no quieres mencionar su nombre ha despedazado tu Iglesia y tú se lo has consentido. ¿Qué se puede esperar ya de ti, padre? ¿Qué has hecho de la fuerza de Dios? Quiero convencerme de que eres bueno y de que allí recibes la estimación de todos; pero no basta ser bueno. El pecado no es bueno. Y para acabar con él, hay que ser duro y despiadado. Quiero creer que todos siguen siendo creyentes;

pero no eres tú quien mantiene su fe; lo hacen por superstición y por miedo. Quiero aún más estar contigo en la pobreza en que vives y en el trabajo y cuidados que libras todos los días en tu cumplimiento. Sé lo difícil que es nuestra tarea en estos pobres pueblos donde nos tienen relegados; pero eso mismo me da derecho a decirte que no hay que entregar nuestro servicio a unos cuantos, que te darán un poco a cambio de tu alma, y con tu alma en manos de ellos ¿qué podrás hacer para ser mejor que aquellos que son mejores que tú? No, padre, mis manos no son lo suficientemente limpias para darte la absolución. Tendrás que buscarla en otro lugar.

—¿Quiere usted decir, señor cura, que tengo que ir a buscar la confesión a otra parte?

—Tienes que ir. No puedes seguir consagrando a los demás si tú mismo estás en pecado.

—¿Y si suspenden mis ministerios?

—No creo que lo hagan, aunque tal vez lo merezcas. Quedará a juicio de ellos.

—¿No podría usted...? Provisionalmente, digamos... Necesito dar los santos óleos... la comunión. Mueren tantos en mi pueblo, señor cura.

—Padre, deja que a los muertos los juzgue Dios.

—¿Entonces, no?

Y el señor cura de Contla había dicho que no.

Después pasearon los dos por los corredores del curato, sombreados de azaleas. Se sentaron bajo una enramada donde maduraban las uvas.

—Son ácidas, padre —se adelantó el señor cura a la pregunta que le iba a hacer—. Vivimos en una tierra en que todo se da, gracias a la Providencia; pero todo se da con acidez. Estamos condenados a eso.

—Tiene usted razón, señor cura. Allá en Comala he intentado sembrar uvas. No se dan. Sólo crecen arrayanes y naranjos; naranjos agrios y arrayanes agrios. A mí se me ha olvidado el sabor de las cosas dulces. ¿Recuerda usted las guayabas de China que teníamos en el seminario? Los duraznos, las mandarinas aquellas que con sólo apretarlas soltaban la cáscara. Yo traje aquí algunas semillas. Pocas; apenas una bolsita... después pensé que hubiera sido mejor dejarlas allá donde maduraran, ya que aquí las traje a morir.

—Y sin embargo, padre, dicen que las tierras de Comala son buenas. Es lástima que estén en manos de un solo hombre. ¿Es Pedro Páramo aún el dueño, no?

—Así es la voluntad de Dios.

—No creo que en este caso intervenga la voluntad de Dios. ¿No lo crees tú así, padre?

—A veces lo he dudado; pero allí lo reconocen.

—¿Y entre ésos estás tú?

—Yo soy un pobre hombre dispuesto a humillarse, mientras sienta el impulso de hacerlo.

Luego se habían despedido. Él, tomándole las manos y besándoselas. Con todo, ahora aquí, vuelto a la realidad, no quería volver a pensar más en esa mañana de Contla.

Se levantó y fue hacia la puerta.

—¿Adónde va usted, tío?

Su sobrina Ana, siempre presente, siempre junto a él, como si buscara su sombra para defenderse de la vida.

—Voy a ir un rato a caminar, Ana. A ver si así reviento.

—¿Se siente mal?

—Mal no, Ana. Malo. Un hombre malo. Eso siento que soy.

Fue hasta la Media Luna y dio el pésame a Pedro Páramo. Volvió a oír las disculpas por las inculpaciones que le habían hecho a su hijo. Lo dejó hablar. Al fin ya nada tenía importancia. En cambio, rechazó la invitación a comer con él:

—No puedo, don Pedro, tengo que estar temprano en la iglesia porque me espera un montón de mujeres junto al confesionario. Otra vez será.

Se vino al paso, y cuando atardecía entró directamente en la iglesia, tal como iba, lleno de polvo y de miseria. Se sentó a confesar.

La primera que se acercó fue la vieja Dorotea, quien siempre estaba allí esperando a que se abrieran las puertas de la iglesia.

Sintió que olía a alcohol.

—¿Qué, ya te emborrachas? ¿Desde cuándo?

—Es que estuve en el velorio de Miguelito, padre. Y se me pasaron las canelas. Me dieron de beber tanto, que hasta me volví payasa.

—Nunca has sido otra cosa, Dorotea.

—Pero ahora traigo pecados, padre. Y de sobra.

En varias ocasiones él le había dicho: "No te confieses, Dorotea, nada más vienes a quitarme el tiempo. Tú ya no puedes cometer ningún pecado, aunque te lo propongas. Déjale el campo a los demás."

—Ahora sí, padre. Es de verdad.

—Di.

—Ya que no puedo causarle ningún perjuicio, le diré que era yo la que le conseguía muchachas al difunto Miguelito Páramo.

El padre Rentería, que pensaba darse campo para pensar, pareció salir de sus sueños y preguntó casi por costumbre:

—¿Desde cuándo?

—Desde que él fue hombrecito. Desde que le agarró el chincual.

—Vuélveme a repetir lo que dijiste, Dorotea.
—Pos que yo era la que le conchababa las muchachas a Miguelito.
—¿Se las llevabas?
—Algunas veces, sí. En otras nomás se las apalabraba. Y con otras nomás le daba el norte. Usted sabe: la hora en que estaban solas y en que él podía agarrarlas descuidadas.
—¿Fueron muchas?
No quería decir eso; pero le salió la pregunta por costumbre.
—Ya hasta perdí la cuenta. Fueron retemuchas.
—¿Qué quieres que haga contigo, Dorotea? Júzgate tú misma. Ve si tú puedes perdonarte.
—Yo no, padre. Pero usted sí puede. Por eso vengo a verlo.
—¿Cuántas veces viniste aquí a pedirme que te mandara al Cielo cuando murieras? ¿Querías ver si allá encontrabas a tu hijo, no, Dorotea? Pues bien, no podrás ir ya más al Cielo. Pero que Dios te perdone.
—Gracias, padre.
—Sí. Yo también te perdono en nombre de él. Puedes irte.
—¿No me deja ninguna penitencia?
—No la necesitas, Dorotea.
—Gracias, padre.
—Ve con Dios.

Tocó con los nudillos la ventanilla del confesionario para llamar a otra de aquellas mujeres. Y mientras oía el Yo pecador su cabeza se dobló como si no pudiera sostenerse en alto. Luego vino aquel mareo, aquella confusión, el irse diluyendo como en agua espesa, y el girar de luces; la luz entera del día que se desbarataba haciéndose añicos; y ese sabor a sangre en la lengua. El Yo pecador se oía más fuerte, repetido, y después terminaba: "por los siglos de los siglos, amén", "por los siglos de los siglos, amén", "por los siglos..."

—Ya calla —dijo—. ¿Cuánto hace que no te confiesas?

—Dos días, padre.

Allí estaba otra vez. Como si lo rodeara la desventura. "¿Qué haces aquí? —pensó—. Descansa. Vete a descansar. Estás muy cansado."

Se levantó del confesionario y se fue derecho a la sacristía. Sin volver la cabeza dijo a aquella gente que lo estaba esperando:

—Todos los que se sientan sin pecado, pueden comulgar mañana.

Detrás de él, sólo se oyó un murmullo.

Estoy acostada en la misma cama donde murió mi madre hace ya muchos años; sobre el mismo colchón; bajo la misma cobija de lana negra con la cual nos envolvíamos las dos para dormir. Entonces yo dormía a su lado, en un lugarcito que ella me hacía debajo de sus brazos.

Creo sentir todavía el golpe pausado de su respiración; las palpitaciones y suspiros con que ella arrullaba mi sueño... Creo sentir la pena de su muerte...

Pero esto es falso.

Estoy aquí, boca arriba, pensando en aquel tiempo para olvidar mi soledad. Porque no estoy acostada sólo por un rato. Y ni en la cama de mi madre, sino dentro de un cajón negro como el que se usa para enterrar a los muertos. Porque estoy muerta.

Siento el lugar en que estoy y pienso...

Pienso cuando maduraban los limones. En el viento de

febrero que rompía los tallos de los helechos, antes que el abandono los secara; los limones maduros que llenaban con su olor el viejo patio.

El viento bajaba de las montañas en las mañanas de febrero. Y las nubes se quedaban allá arriba en espera de que el tiempo bueno las hiciera bajar al valle; mientras tanto dejaban vacío el cielo azul, dejaban que la luz cayera en el juego del viento haciendo círculos sobre la tierra, removiendo el polvo y batiendo las ramas de los naranjos.

Y los gorriones reían; picoteaban las hojas que el aire hacía caer, y reían; dejaban sus plumas entre las espinas de las ramas y perseguían a las mariposas y reían. Era esa época.

En febrero, cuando las mañanas estaban llenas de viento, de gorriones y de luz azul. Me acuerdo.

Mi madre murió entonces.

Que yo debía haber gritado; que mis manos tenían que haberse hecho pedazos estrujando su desesperación. Así hubieras tú querido que fuera. ¿Pero acaso no era alegre aquella mañana? Por la puerta abierta entraba el aire, quebrando las guías de la yedra. En mis piernas comenzaba a crecer el vello entre las venas, y mis manos temblaban tibias al tocar mis senos. Los gorriones jugaban. En las lomas se mecían las espigas. Me dio lástima que ella ya no volviera a ver el juego del viento en los jazmines; que cerrara sus ojos a la luz de los días. ¿Pero por qué iba a llorar?

¿Te acuerdas, Justina? Acomodaste las sillas a lo largo del corredor para que la gente que viniera a verla esperara su turno. Estuvieron vacías. Y mi madre sola, en medio de los cirios; su cara pálida y sus dientes blancos asomándose apenitas entre sus labios morados, endurecidos por la amoratada muerte. Sus pestañas ya quietas; quieto ya su corazón. Tú y yo allí, rezando rezos interminables, sin que ella oyera nada, sin que tú y yo oyéramos nada, todo perdido en la sonoridad del viento debajo de la noche. Planchaste su vestido negro, almidonando el cuello y el puño de sus mangas para que sus manos se vieran nuevas, cruzadas sobre su pecho muerto; su viejo pecho amoroso sobre el que dormí en un tiempo y que me dio de comer y que palpitó para arrullar mis sueños.

Nadie vino a verla. Así estuvo mejor. La muerte no se reparte como si fuera un bien. Nadie anda en busca de tristezas.

Tocaron la aldaba. Tú saliste.

—Ve tú —te dije—. Yo veo borrosa la cara de la gente. Y haz que se vayan. ¿Que vienen por el dinero de las misas gregorianas? Ella no dejó ningún dinero. Díselos, Justina. ¿Que no saldrá del Purgatorio si no le rezan esas misas? ¿Quiénes son ellos para hacer la justicia, Justina? ¿Dices que estoy loca? Está bien.

Y tus sillas se quedaron vacías hasta que fuimos a enterrarla con aquellos hombres alquilados, sudando por un peso ajeno, extraños a cualquier pena. Cerraron la sepultura con arena mojada; bajaron el cajón despacio, con la paciencia de su oficio, bajo el aire que les refrescaba su esfuerzo. Sus ojos fríos, indiferentes. Dijeron: "Es tanto." Y tú les pagaste, como quien compra una cosa, desanudando tu pañuelo húmedo de lágrimas, exprimido y vuelto a exprimir y ahora guardando el dinero de los funerales...

Y cuando ellos se fueron, te arrodillaste en el lugar donde había quedado su cara y besaste la tierra y podrías haber abierto un agujero, si yo no te hubiera dicho: "Vámonos, Justina, ella está en otra parte, aquí no hay más que una cosa muerta."

—¿Eres tú la que ha dicho todo eso, Dorotea?

—¿Quién, yo? Me quedé dormida un rato. ¿Te siguen asustando?

—Oí a alguien que hablaba. Una voz de mujer. Creí que eras tú.

—¿Voz de mujer? ¿Creíste que era yo? Ha de ser la que habla sola. La de la sepultura grande. Doña Susanita. Está aquí enterrada a nuestro lado. Le ha de haber llegado la humedad y estará removiéndose entre el sueño.

—¿Y quién es ella?

—La última esposa de Pedro Páramo. Unos dicen que estaba loca. Otros, que no. La verdad es que ya hablaba sola desde en vida.

—Debe haber muerto hace mucho.

—¡Uh, sí! Hace mucho. ¿Qué le oíste decir?

—Algo acerca de su madre.

—Pero si ella ni madre tuvo...

—Pues de eso hablaba.

—...O, al menos, no la trajo cuando vino. Pero espérate. Ahora recuerdo que ella nació aquí, y que ya de añejita desaparecieron. Y sí, su madre murió de la tisis. Era una señora muy rara que siempre estuvo enferma y no visitaba a nadie.

—Eso dice ella. Que nadie había ido a ver a su madre cuando murió.

—¿Pero de qué tiempos hablará? Claro que nadie se paró en su casa por el puro miedo de agarrar la tisis. ¿Se acordará de eso la indina?

—De eso hablaba.

—Cuando vuelvas a oírla me avisas, me gustaría saber lo que dice.

—¿Oyes? Parece que va a decir algo. Se oye un murmullo.

—No, no es ella. Eso viene de más lejos, de por este otro rumbo. Y es voz de hombre. Lo que pasa con estos muertos viejos es que en cuanto les llega la humedad comienzan a removerse. Y despiertan.

«El Cielo es grande. Dios estuvo conmigo esa noche. De no ser así quién sabe lo que hubiera pasado. Porque fue ya de noche cuando reviví...»

—¿Lo oyes más claro?
—Sí.

«...Tenía sangre por todas partes. Y al enderezarme chapotié con mis manos la sangre regada en las piedras. Y era mía. Montonales de sangre. Pero no estaba muerto. Me di cuenta. Supe que don Pedro no tenía intenciones de matarme. Sólo de darme un susto. Quería averiguar si yo había estado en Vilmayo dos meses antes. El día de San Cristóbal. En la boda. ¿En cuál boda? ¿En cuál San Cristóbal? Yo chapoteaba entre mi sangre y le preguntaba: "¿En cuál boda, don Pedro?" No, no, don Pedro, yo no estuve. Si acaso, pasé por allí. Pero fue por casualidad... Él no tuvo intenciones de matarme. Me dejó cojo, como ustedes ven, y manco si ustedes quieren. Pero no me mató. Dicen que se me torció un ojo desde entonces, de la mala impresión. Lo cierto es que me volví más hombre. El Cielo es grande. Y ni quien lo dude.»

—¿Quién será?
—Ve tú a saber. Alguno de tantos. Pedro Páramo causó tal mortandad después que le mataron a su padre, que se dice casi acabó con los asistentes a la boda en la cual don Lucas Páramo iba a fungir de padrino. Y eso que a don Lucas nomás le tocó de rebote, porque al parecer la cosa era contra el novio. Y como nunca se supo de dónde había salido la bala que le pegó a él, Pedro Páramo arrasó parejo. Eso fue allá en el cerro de

Vilmayo, donde estaban unos ranchos de los que ya no queda ni el rastro... Mira, ahora sí parece ser ella. Tú que tienes los oídos muchachos, ponle atención. Ya me contarás lo que diga.

—No se le entiende. Parece que no habla, sólo se queja.
—¿Y de qué se queja?
—Pues quién sabe.
—Debe ser por algo. Nadie se queja de nada. Para bien la oreja.
—Se queja y nada más. Tal vez Pedro Páramo la hizo sufrir.
—No creas. Él la quería. Estoy por decir que nunca quiso a ninguna mujer como a ésa. Ya se la entregaron sufrida y quizá loca. Tan la quiso, que se pasó el resto de sus años aplastado en un equipal, mirando el camino por donde se la habían llevado al camposanto. Le perdió interés a todo. Desalojó sus tierras y mandó quemar los enseres. Unos dicen que porque ya estaba cansado, otros que porque le agarró la desilusión; lo cierto es que echó fuera a la gente y se sentó en su equipal, cara al camino.

»Desde entonces la tierra se quedó baldía y como en ruinas. Daba pena verla llenándose de achaques con tanta plaga que la invadió en cuanto la dejaron sola. De allá para acá se consumió la gente; se desbandaron los hombres en busca de otros "bebederos". Recuerdo días en que Comala se llenó de "adioses" y hasta nos parecía cosa alegre ir a despedir a los que se iban. Y es que se iban con intenciones de volver. Nos dejaban encargadas sus cosas y su familia. Luego algunos mandaban por la familia aunque no por sus cosas, y después parecieron olvidarse del pueblo y de nosotros, y hasta de sus cosas. Yo me quedé porque no tenía adonde ir. Otros se quedaron esperando que Pedro Páramo muriera, pues según decían les había prometido heredarles sus bienes, y con esa esperanza vivieron todavía algunos. Pero pasaron años y años y él seguía vivo, siempre allí, como un espantapájaros frente a las tierras de la Media Luna.

»Y ya cuando le faltaba poco para morir vinieron las guerras esas de los "cristeros" y la tropa echó rialada con los pocos hombres que quedaban. Fue cuando yo comencé a morirme de hambre y desde entonces nunca me volví a emparejar.

»Y todo por las ideas de don Pedro, por sus pleitos de alma. Nada más porque se le murió su mujer, la tal Susanita. Ya te has de imaginar si la quería.»

FUE FULGOR SEDANO quien le dijo:
—Patrón, ¿sabe quién anda por aquí?
—¿Quién?
—Bartolomé San Juan.
—¿Y eso?
—Eso es lo que yo me pregunto. ¿Qué vendrá a hacer?
—¿No lo has investigado?
—No. Vale decirlo. Y es que no ha buscado casa. Llegó directamente a la antigua casa de usted. Allí desmontó y apeó sus maletas, como si usted de antemano se la hubiera alquilado. Al menos le vi esa seguridad.
—¿Y qué haces tú, Fulgor, que no averiguas lo que pasa? ¿No estás para eso?
—Me desorienté un poco por lo que le dije. Pero mañana aclararé las cosas si usted lo cree necesario.
—Lo de mañana déjamelo a mí. Yo me encargo de ellos. ¿Han venido los dos?
—Sí, él y su mujer. ¿Pero cómo lo sabe?
—¿No será su hija?

—Pues por el modo como la trata más bien parece su mujer.
—Vete a dormir, Fulgor.
—Si usted me lo permite.

«Esperé treinta años a que regresaras, Susana. Esperé a tenerlo todo. No solamente algo, sino todo lo que se pudiera conseguir de modo que no nos quedara ningún deseo, sólo el tuyo, el deseo de ti. ¿Cuántas veces invité a tu padre a que viniera a vivir aquí nuevamente, diciéndole que yo lo necesitaba? Lo hice hasta con engaños.

»Le ofrecí nombrarlo administrador, con tal de volverte a ver. ¿Y qué me contestó? "No hay respuesta —me decía siempre el mandadero—. El señor don Bartolomé rompe sus cartas cuando yo se las entrego." Pero por el muchacho supe que te habías casado y pronto me enteré que te habías quedado viuda y le hacías otra vez compañía a tu padre.

»Luego el silencio.

»El mandadero iba y venía y siempre regresaba diciéndome:

»—No los encuentro, don Pedro. Me dicen que salieron de Mascota. Y unos me dicen que para acá y otros que para allá.

»Y yo:

»—No repares en gastos, búscalos. Ni que se los haya tragado la tierra.

»Hasta que un día vino y me dijo:

»—He repasado toda la sierra indagando el rincón donde se esconde don Bartolomé San Juan, hasta que he dado con él, allá, perdido en un agujero de los montes, viviendo en una covacha hecha de troncos, en el mero lugar donde están las minas abandonadas de La Andrómeda.

»Ya para entonces soplaban vientos raros. Se decía que había gente levantada en armas. Nos llegaban rumores. Eso fue lo que aventó a tu padre por aquí. No por él, según me dijo en su carta, sino por tu seguridad, quería traerte a algún lugar viviente.

»Sentí que se abría el Cielo. Tuve ánimos de correr hacia ti. De rodearte de alegría. De llorar. Y lloré, Susana, cuando supe que al fin regresarías.»

—Hay pueblos que saben a desdicha. Se les conoce con sorber un poco de su aire viejo y entumido, pobre y flaco como todo lo viejo. Éste es uno de esos pueblos, Susana.

»Allá, de donde venimos ahora, al menos te entretenías mirando el nacimiento de las cosas: nubes y pájaros, el musgo, ¿te acuerdas? Aquí en cambio no sentirás sino ese olor amarillo y acedo que parece destilar por todas partes. Y es que éste es un pueblo desdichado; untado todo de desdicha.

»Él nos ha pedido que volvamos. Nos ha prestado su casa. Nos ha dado todo lo que podamos necesitar. Pero no debemos estarle agradecidos. Somos infortunados por estar aquí, porque aquí no tendremos salvación ninguna. Lo presiento.

»¿Sabes qué me ha pedido Pedro Páramo? Yo ya me imaginaba que esto que nos daba no era gratuito. Y estaba dispuesto a que se cobrara con mi trabajo, ya que teníamos que pagar de algún modo. Le detallé todo lo referente a La Andrómeda y le hice ver que aquello tenía posibilidades, trabajándola con método. ¿Y sabes qué me contestó? "No me interesa su mina, Bartolomé San Juan. Lo único que quiero de usted es a su hija. Ése ha sido su mejor trabajo."

»Así que te quiere a ti, Susana. Dice que jugabas con él cuando eran niños. Que ya te conoce. Que llegaron a bañarse juntos en el río cuando eran niños. Yo no lo supe; de haberlo sabido te habría matado a cintarazos.»

—No lo dudo.

—¿Fuiste tú la que dijiste: no lo dudo?

—Yo lo dije.

—¿De manera que estás dispuesta a acostarte con él?

—Sí, Bartolomé.

—¿No sabes que es casado y que ha tenido infinidad de mujeres?

—Sí, Bartolomé.

—No me digas Bartolomé. ¡Soy tu padre!

Bartolomé San Juan, un minero muerto. Susana San Juan, hija de un minero muerto en las minas de La Andrómeda. Veía claro. "Tendré que ir allá a morir", pensó. Luego dijo:

—Le he dicho que tú, aunque viuda, sigues viviendo con tu marido, o al menos así te comportas; he tratado de disuadirlo, pero se le hace torva la mirada cuando yo le hablo, y en cuanto sale a relucir tu nombre, cierra los ojos. Es, según yo sé, la pura maldad. Eso es Pedro Páramo.

—¿Y yo quién soy?

—Tú eres mi hija. Mía. Hija de Bartolomé San Juan.

En la mente de Susana San Juan comenzaron a caminar las ideas, primero lentamente, luego se detuvieron, para después echar a correr de tal modo que no alcanzó sino a decir:

—No es cierto. No es cierto.

—Este mundo, que lo aprieta a uno por todos lados, que va vaciando puños de nuestro polvo aquí y allá, deshaciéndonos en pedazos como si rociara la tierra con nuestra sangre.

¿Qué hemos hecho? ¿Por qué se nos ha podrido el alma? Tu madre decía que cuando menos nos queda la caridad de Dios. Y tú la niegas, Susana. ¿Por qué me niegas a mí como tu padre? ¿Estás loca?
—¿No lo sabías?
—¿Estás loca?
—Claro que sí, Bartolomé. ¿No lo sabías?

—¿Sabías, Fulgor, que ésa es la mujer más hermosa que se ha dado sobre la tierra? Llegué a creer que la había perdido para siempre. Pero ahora no tengo ganas de volverla a perder. ¿Tú me entiendes, Fulgor? Dile a su padre que vaya a seguir explotando sus minas. Y allá... me imagino que será fácil desaparecer al viejo en aquellas regiones adonde nadie va nunca. ¿No lo crees?
—Puede ser.
—Necesitamos que sea. Ella tiene que quedarse huérfana. Estamos obligados a amparar a alguien. ¿No crees tú?
—No lo veo difícil.
—Entonces andando, Fulgor, andando.
—¿Y si ella lo llega a saber?
—¿Quién se lo dirá? A ver, dime, aquí entre nosotros dos, ¿quién se lo dirá?
—Estoy seguro que nadie.
—Quítale el "estoy seguro que". Quítaselo desde ahorita y ya verás cómo todo sale bien. Acuérdate del trabajo que dio dar con La Andrómeda. Mándalo para allá a seguir trabajando. Que vaya y vuelva. Nada de que se le ocurra acarrear con la hija. Ésa aquí se la cuidamos. Allá estará su trabajo y aquí su casa adonde venga a reconocer. Díselo así, Fulgor.

—Me vuelve a gustar cómo acciona usted, patrón, como que se le están rejuveneciendo los ánimos.

SOBRE LOS CAMPOS del valle de Comala está cayendo la lluvia. Una lluvia menuda, extraña para estas tierras que sólo saben de aguaceros. Es domingo. De Apango han bajado los indios con sus rosarios de manzanillas, su romero, sus manojos de tomillo. No han traído ocote porque el ocote está mojado, y ni tierra de encino porque también está mojada por el mucho llover. Tienden sus yerbas en el suelo, bajo los arcos del portal, y esperan.

La lluvia sigue cayendo sobre los charcos.

Entre los surcos, donde está naciendo el maíz, corre el agua en ríos. Los hombres no han venido hoy al mercado, ocupados en romper los surcos para que el agua busque nuevos cauces y no arrastre la milpa tierna. Andan en grupos, navegando en la tierra anegada, bajo la lluvia, quebrando con sus palas los blandos terrones, ligando con sus manos la milpa y tratando de protegerla para que crezca sin trabajo.

Los indios esperan. Sienten que es un mal día. Quizá por eso tiemblan debajo de sus mojados "gabanes" de paja; no de frío, sino de temor. Y miran la lluvia desmenuzada y al cielo que no suelta sus nubes.

Nadie viene. El pueblo parece estar solo. La mujer les encargó un poco de hilo de remiendo y algo de azúcar, y de ser posible y de haber, un cedazo para colar el atole. El "gabán" se les hace pesado de humedad conforme se acerca el mediodía. Platican, se cuentan chistes y sueltan la risa. Las manzanillas brillan salpicadas por el rocío. Piensan: "Si al menos hubiéramos traído tantito pulque, no importaría;

pero el cogollo de los magueyes está hecho un mar de agua. En fin, qué se le va a hacer."

Justina Díaz, cubierta con paraguas, venía por la calle derecha que viene de la Media Luna, rodeando los chorros que borbotaban sobre las banquetas. Hizo la señal de la cruz y se persignó al pasar por la puerta de la iglesia mayor. Entró en el portal. Los indios voltearon a verla. Vio la mirada de todos como si la escudriñaran. Se detuvo en el primer puesto, compró diez centavos de hojas de romero, y regresó, seguida por las miradas en hilera de aquel montón de indios.

«Lo caro que está todo en este tiempo —dijo, al tomar de nuevo el camino hacia la Media Luna—. Este triste ramito de romero por diez centavos. No alcanzará ni siquiera para dar olor.»

Los indios levantaron sus puestos al oscurecer. Entraron en la lluvia con sus pesados tercios a la espalda; pasaron por la iglesia para rezarle a la Virgen, dejándole un manojo de tomillo de limosna. Luego enderezaron hacia Apango, de donde habían venido. "Ahi será otro día", dijeron. Y por el camino iban contándose chistes y soltando la risa.

Justina Díaz entró en el dormitorio de Susana San Juan y puso el romero sobre la repisa. Las cortinas cerradas impedían el paso de la luz, así que en aquella oscuridad sólo veía las sombras, sólo adivinaba. Supuso que Susana San Juan estaría dormida; ella deseaba que siempre estuviera dormida. La sintió así y se alegró. Pero entonces oyó un suspiro lejano, como salido de algún rincón de aquella pieza oscura.

—¡Justina! —le dijeron.

Ella volvió la cabeza. No vio a nadie; pero sintió una mano sobre su hombro y la respiración en sus oídos. La voz en secreto: «Vete de aquí, Justina. Arregla tus enseres y vete. Ya no te necesitamos.»

—Ella sí me necesita —dijo, enderezando el cuerpo—. Está enferma y me necesita.

—Ya no, Justina. Yo me quedaré aquí a cuidarla.

—¿Es usted, don Bartolomé? —y no esperó la respuesta. Lanzó aquel grito que bajó hasta los hombres y las mujeres que regresaban de los campos y que los hizo decir: "Parece ser un aullido humano; pero no parece ser de ningún ser humano."

La lluvia amortigua los ruidos. Se sigue oyendo aún después de todo, granizando sus gotas, hilvanando el hilo de la vida.

—¿Qué te pasa, Justina? ¿Por qué gritas? —preguntó Susana San Juan.

—Yo no he gritado, Susana. Has de haber estado soñando.

—Ya te he dicho que yo no sueño nunca. No tienes consideración de mí. Estoy muy desvelada. Anoche no echaste fuera al gato y no me dejó dormir.

—Durmió conmigo, entre mis piernas. Estaba ensopado y por lástima lo dejé quedarse en mi cama; pero no hizo ruido.

—No, ruido ni hizo. Sólo se la pasó haciendo circo, brincando de mis pies a mi cabeza, y maullando quedito como si tuviera hambre.

—Le di bien de comer y no se despegó de mí en toda la noche. Estás otra vez soñando mentiras, Susana.

—Te digo que pasó la noche asustándome con sus brincos. Y aunque sea muy cariñoso tu gato, no lo quiero cuando estoy dormida.

—Ves visiones, Susana. Eso es lo que pasa. Cuando venga Pedro Páramo le diré que ya no te aguanto. Le diré que me voy. No faltará gente buena que me dé trabajo. No todos son maniáticos como tú, ni se viven mortificándola a una como tú. Mañana me iré y me llevaré el gato y te quedarás tranquila.

—No te irás de aquí, maldita y condenada Justina. No te irás a ninguna parte porque nunca encontrarás quien te quiera como yo.

—No, no me iré, Susana. No me iré. Bien sabes que estoy aquí para cuidarte. No importa que me hagas renegar, te cuidaré siempre.

La había cuidado desde que nació. La había tenido en sus brazos. La había enseñado a andar. A dar aquellos pasos que a ella le parecían eternos. Había visto crecer su boca y sus ojos "como de dulce". "El dulce de menta es azul. Amarillo y azul. Verde y azul. Revuelto con menta y yerbabuena." Le mordía las piernas. La entretenía dándole de mamar sus senos, que no tenían nada, que eran como de juguete. "Juega —le decía—, juega con este juguetito tuyo." La hubiera apachurrado y hecho pedazos.

Allá afuera se oía el caer de la lluvia sobre las hojas de los plátanos, se sentía como si el agua hirviera sobre el agua estancada en la tierra.

Las sábanas estaban frías de humedad. Los caños borbotaban, hacían espuma, cansados de trabajar durante el día, durante la noche, durante el día. El agua seguía corriendo, diluviando en incesantes burbujas.

ERA LA MEDIANOCHE y allá afuera el ruido del agua apagaba todos los sonidos.

Susana San Juan se levantó despacio. Enderezó el cuerpo lentamente y se alejó de la cama. Allí estaba otra vez el peso, en sus pies, caminando por la orilla de su cuerpo; tratando de encontrarle la cara:

—¿Eres tú, Bartolomé? —preguntó.

Le pareció oír rechinar la puerta, como cuando alguien entraba o salía. Y después sólo la lluvia, intermitente, fría, rodando sobre las hojas de los plátanos, hirviendo en su propio hervor.

Se durmió y no despertó hasta que la luz alumbró los ladrillos rojos, asperjados de rocío entre la gris mañana de un nuevo día. Gritó:

—¡Justina!

Y ella apareció en seguida, como si ya hubiera estado allí, envolviendo su cuerpo en una frazada.

—¿Qué quieres, Susana?

—El gato. Otra vez ha venido.

—Pobrecita de ti, Susana.

Se recostó sobre su pecho, abrazándola, hasta que ella logró levantar aquella cabeza y le preguntó:

—¿Por qué lloras? Le diré a Pedro Páramo que eres buena conmigo. No le contaré nada de los sustos que me da tu gato. No te pongas así, Justina.

—Tu padre ha muerto, Susana. Antenoche murió, y hoy han venido a decir que nada se puede hacer; que ya lo enterraron; que no lo han podido traer aquí porque el camino era muy largo. Te has quedado sola, Susana.

—Entonces era él —y sonrió—. Viniste a despedirte de mí —dijo, y sonrió.

Muchos años antes, cuando ella era una niña, él le había dicho:

—Baja, Susana, y dime lo que ves.

Estaba colgada de aquella soga que le lastimaba la cintura, que le sangraba sus manos; pero que no quería soltar: era como el único hilo que la sostenía al mundo de afuera.

—No veo nada, papá.

—Busca bien, Susana. Haz por encontrar algo.

Y la alumbró con su lámpara.

—No veo nada, papá.

—Te bajaré más. Avísame cuando estés en el suelo.

Había entrado por un pequeño agujero abierto entre las tablas. Había caminado sobre tablones podridos, viejos, astillados y llenos de tierra pegajosa:

—Baja más abajo, Susana, y encontrarás lo que te digo.

Y ella bajó y bajó en columpio, meciéndose en la profundidad, con sus pies bamboleando en el "no encuentro dónde poner los pies".

—Más abajo, Susana. Más abajo. Dime si ves algo.

Y cuando encontró el apoyo allí permaneció, callada, porque se enmudeció de miedo. La lámpara circulaba y la luz pasaba de largo junto a ella. Y el grito de allá arriba la estremecía:

—¡Dame lo que está allí, Susana!

Y ella agarró la calavera entre sus manos y cuando la luz le dio de lleno la soltó.

—Es una calavera de muerto —dijo.

—Debes encontrar algo más junto a ella. Dame todo lo que encuentres.

El cadáver se deshizo en canillas; la quijada se desprendió como si fuera de azúcar. Le fue dando pedazo a pedazo hasta que llegó a los dedos de los pies y le entregó coyuntura tras coyuntura. Y la calavera primero; aquella bola redonda que se deshizo entre sus manos.

—Busca algo más, Susana. Dinero. Ruedas redondas de oro. Búscalas, Susana.

Entonces ella no supo de ella, sino muchos días después entre el hielo, entre las miradas llenas de hielo de su padre.

Por eso reía ahora.

—Supe que eras tú, Bartolomé.

Y la pobre de Justina, que lloraba sobre su corazón, tuvo que levantarse al ver que ella reía y que su risa se convertía en carcajada.

Afuera seguía lloviendo. Los indios se habían ido. Era lunes y el valle de Comala seguía anegándose en lluvia.

Los vientos siguieron soplando todos esos días. Esos vientos que habían traído las lluvias. La lluvia se había ido; pero el viento se quedó. Allá en los campos la milpa oreó sus hojas y se acostó sobre los surcos para defenderse del viento. De día era pasadero; retorcía las yedras y hacía crujir las tejas en los tejados; pero de noche gemía, gemía largamente. Pabellones de nubes pasaban en silencio por el cielo como si caminaran rozando la tierra.

Susana San Juan oye el golpe del viento contra la ventana cerrada. Está acostada con los brazos detrás de la cabeza, pensando, oyendo los ruidos de la noche; cómo la noche va y viene arrastrada por el soplo del viento sin quietud. Luego el seco detenerse.

Han abierto la puerta. Una racha de aire apaga la lámpara. Ve la oscuridad y entonces deja de pensar. Siente pequeños susurros. En seguida oye el percutir de su corazón en palpitaciones desiguales. Al través de sus párpados cerrados entrevé la llama de la luz.

No abre los ojos. El cabello está derramado sobre su cara. La luz enciende gotas de sudor en sus labios. Pregunta:

—¿Eres tú, padre?

—Soy tu padre, hija mía.

Entreabre los ojos. Mira como si cruzara sus cabellos una sombra sobre el techo, con la cabeza encima de su cara. Y la figura borrosa de aquí enfrente, detrás de la lluvia de sus pestañas. Una luz difusa; una luz en el lugar del corazón, en forma de corazón pequeño que palpita como llama parpadeante. "Se te está muriendo de pena el corazón —piensa—. Ya sé que vienes a contarme que murió Florencio; pero eso ya lo sé. No te aflijas por los demás; no te apures por mí. Yo tengo guardado mi dolor en un lugar seguro. No dejes que se te apague el corazón."

Enderezó el cuerpo y lo arrastró hasta donde estaba el padre Rentería.

—¡Déjame consolarte con mi desconsuelo! —dijo, protegiendo la llama de la vela con sus manos.

El padre Rentería la dejó acercarse a él; la miró cercar con sus manos la vela encendida y luego juntar su cara al pabilo inflamado, hasta que el olor a carne chamuscada lo obligó a sacudirla, apagándola de un soplo.

Entonces volvió la oscuridad y ella corrió a refugiarse debajo de sus sábanas.

El padre Rentería le dijo:

—He venido a confortarte, hija.

—Entonces adiós, padre —contestó ella—. No vuelvas. No te necesito.

Y oyó cuando se alejaban los pasos que siempre le dejaban una sensación de frío, de temblor y miedo.

—¿Para qué vienes a verme, si estás muerto?

El padre Rentería cerró la puerta y salió al aire de la noche. El viento seguía soplando.

Un hombre al que decían *el Tartamudo* llegó a la Media Luna y preguntó por Pedro Páramo.

—¿Para qué lo solicitas?

—Quiero hablar cocon él.

—No está.

—Dile, cucuando regrese, que vengo de paparte de don Fulgor.

—Lo iré a buscar; pero aguántate unas cuantas horas.

—Dile, es cocosa de urgencia.

—Se lo diré.

El hombre al que decían *el Tartamudo* aguardó arriba del caballo. Pasado un rato, Pedro Páramo, al que nunca había visto, se le puso enfrente:

—¿Qué se te ofrece?

—Necesito hablar directamente cocon el patrón.

—Yo soy. ¿Qué quieres?

—Pues, nanada más esto. Mataron a don Fulgor Sesedano. Yo le hacía compañía. Habíamos ido por el rurrumbo de los "vertederos" para averiguar por qué se estaba escaseando el agua. Y en eso andábamos cucuando vimos una manada de hombres que nos salieron al encuentro. Y de entre la mumultitud aquella brotó una voz que dijo: "Yo a ése le coconozco. Es el administrador de la Memedia Luna."

»A mí ni me totomaron en cuenta. Pero a don Fulgor le mandaron soltar la bestia. Le dijeron que eran revolucionarios. Que venían por las tierras de usté. "¡Cocórrale! —le dijeron a don Fulgor—. ¡Vaya y dígale a su patrón que allá nos veremos!" Y él soltó la cacalda, despavorido. No muy de prisa por lo pepesado que era; pero corrió. Lo mataron cocorriendo. Murió cocon una pata arriba y otra abajo.

»Entonces yo ni me momoví. Esperé que fuera de nonoche y aquí estoy para anunciarle lo que papasó.»

—¿Y qué esperas? ¿Por qué no te mueves? Anda y diles a ésos que aquí estoy para lo que se les ofrezca. Que vengan a tratar conmigo. Pero antes date un rodeo por La Consagración. ¿Conoces al *Tilcuate*? Allí estará. Dile que necesito verlo. Y a esos fulanos avísales que los espero en cuanto tengan un tiempo disponible. ¿Qué jaiz de revolucionarios son?

—No lo sé. Ellos ansí se nonombran.

—Dile al *Tilcuate* que lo necesito más que de prisa.

—Así lo haré, papatrón.

Pedro Páramo volvió a encerrarse en su despacho. Se sentía viejo y abrumado. No le preocupaba Fulgor, que al fin y al cabo ya estaba "más para la otra que para ésta". Había dado de sí todo lo que tenía que dar; aunque fue muy servicial, lo que sea de cada quien. "De todos modos, los 'tilcuatazos' que se van a llevar esos locos", pensó.

Pensaba más en Susana San Juan, metida siempre en su cuarto, durmiendo, y cuando no, como si durmiera. La noche anterior se la había pasado en pie, recostado en la pared, observando a través de la pálida luz de la veladora el cuerpo en movimiento de Susana; la cara sudorosa, las manos agitando las sábanas, estrujando la almohada hasta el desmorecimiento.

Desde que la había traído a vivir aquí no sabía de otras noches pasadas a su lado, sino de estas noches doloridas, de interminable inquietud. Y se preguntaba hasta cuándo terminaría aquello.

Esperaba que alguna vez. Nada puede durar tanto, no existe ningún recuerdo por intenso que sea que no se apague.

Si al menos hubiera sabido qué era aquello que la maltrataba por dentro, que la hacía revolcarse en el desvelo, como si la despedazaran hasta inutilizarla.

Él creía conocerla. Y aun cuando no hubiera sido así, ¿acaso no era suficiente saber que era la criatura más querida por él sobre la tierra? Y que además, y esto era lo más importante, le serviría para irse de la vida alumbrándose con aquella imagen que borraría todos los demás recuerdos.

¿Pero cuál era el mundo de Susana San Juan? Ésa fue una de las cosas que Pedro Páramo nunca llegó a saber.

«MI CUERPO SE sentía a gusto sobre el calor de la arena. Tenía los ojos cerrados, los brazos abiertos, desdobladas las piernas a la brisa del mar. Y el mar allí enfrente, lejano, dejando apenas restos de espuma en mis pies al subir de su marea...»

—Ahora sí es ella la que habla, Juan Preciado. No se te olvide decirme lo que dice.

«...Era temprano. El mar corría y bajaba en olas. Se desprendía de su espuma y se iba, limpio, con su agua verde, en ondas calladas.

»—En el mar sólo me sé bañar desnuda —le dije. Y él me siguió el primer día, desnudo también, fosforescente al salir del mar. No había gaviotas; sólo esos pájaros que les dicen "picos feos", que gruñen como si roncaran y que después de que sale el sol desaparecen. Él me siguió el primer día y se sintió solo, a pesar de estar yo allí.

»—Es como si fueras un "pico feo", uno más entre todos —me dijo—. Me gustas más en las noches, cuando estamos los dos en la misma almohada, bajo las sábanas, en la oscuridad.

»Y se fue.

»Volví yo. Volvería siempre. El mar moja mis tobillos y se va; moja mis rodillas, mis muslos; rodea mi cintura con su brazo suave, da vuelta sobre mis senos; se abraza de mi cuello; aprieta mis hombros. Entonces me hundo en él, entera. Me entrego a él en su fuerte batir, en su suave poseer, sin dejar pedazo.

»—Me gusta bañarme en el mar —le dije.

»Pero él no lo comprende.

»Y al otro día estaba otra vez en el mar, purificándome. Entregándome a sus olas.»

PARDEANDO LA TARDE, aparecieron los hombres. Venían encarabinados y terciados de carrilleras. Eran cerca de veinte. Pedro Páramo los invitó a cenar. Y ellos, sin quitarse el sombrero, se acomodaron a la mesa y esperaron callados. Sólo se les oyó sorber el chocolate cuando les trajeron el chocolate, y masticar tortilla tras tortilla cuando les arrimaron los frijoles.

Pedro Páramo los miraba. No se le hacían caras conocidas. Detrasito de él, en la sombra, aguardaba *el Tilcuate*.

—Patrones —les dijo cuando vio que acababan de comer—, ¿en qué más puedo servirlos?

—¿Usted es el dueño de esto? —preguntó uno abanicando la mano.

Pero otro lo interrumpió diciendo:

—¡Aquí yo soy el que hablo!

—Bien. ¿Qué se les ofrece? —volvió a preguntar Pedro Páramo.

—Como usté ve, nos hemos levantado en armas.
—¿Y?
—Y pos eso es todo. ¿Le parece poco?
—¿Pero por qué lo han hecho?
—Pos porque otros lo han hecho también. ¿No lo sabe usté? Aguárdenos tantito a que nos lleguen instrucciones y entonces le averiguaremos la causa. Por lo pronto ya estamos aquí.
—Yo sé la causa —dijo otro—. Y si quiere se la entero. Nos hemos rebelado contra el gobierno y contra ustedes porque ya estamos aburridos de soportarlos. Al gobierno por rastrero y a ustedes porque no son más que unos móndrigos bandidos y mantecosos ladrones. Y del señor gobierno ya no digo nada porque le vamos a decir a balazos lo que le queremos decir.
—¿Cuánto necesitan para hacer su revolución? —preguntó Pedro Páramo—. Tal vez yo pueda ayudarlos.
—Dice bien aquí el señor, Perseverancio. No se te debía soltar la lengua. Necesitamos agenciarnos un rico pa que nos habilite, y qué mejor que el señor aquí presente. ¿A ver tú, Casildo, como cuánto nos hace falta?
—Que nos dé lo que su buena intención quiera darnos.
—Éste "no le daría agua ni al gallo de la pasión". Aprovechemos que estamos aquí, para sacarle de una vez hasta el maiz que trai atorado en su cochino buche.
—Cálmate, Perseverancio. Por las buenas se consiguen mejor las cosas. Vamos a ponernos de acuerdo. Habla tú, Casildo.
—Pos yo ahi al cálculo diría que unos veinte mil pesos no estarían mal para el comienzo. ¿Qué les parece a ustedes? Ora que quién sabe si al señor este se le haga poco, con

eso de que tiene sobrada voluntad de ayudarnos. Pongamos entonces cincuenta mil. ¿De acuerdo?

—Les voy a dar cien mil pesos —les dijo Pedro Páramo—. ¿Cuántos son ustedes?

—Semos trescientos.

—Bueno. Les voy a prestar otros trescientos hombres para que aumenten su contingente. Dentro de una semana tendrán a su disposición tanto los hombres como el dinero. El dinero se los regalo, a los hombres nomás se los presto. En cuanto los desocupen mándenmelos para acá. ¿Está bien así?

—Pero cómo no.

—Entonces hasta dentro de ocho días, señores. Y he tenido mucho gusto en conocerlos.

—Sí —dijo el último en salir—. Acuérdese que, si no nos cumple, oirá hablar de Perseverancio, que así es mi nombre.

Pedro Páramo se despidió de él dándole la mano.

—¿Quién crees tú que sea el jefe de éstos? —le preguntó más tarde al *Tilcuate*.

—Pues a mí se me figura que es el barrigón ese que estaba en medio y que ni alzó los ojos. Me late que es él... Me equivoco pocas veces, don Pedro.

—No, Damasio, el jefe eres tú. ¿O qué, no te quieres ir a la revuelta?

—Pero si hasta se me hace tarde. Con lo que me gusta a mí la bulla.

—Ya viste pues de qué se trata, así que ni necesitas mis consejos. Júntate trescientos muchachos de tu confianza y enrólate con esos alzados. Diles que les llevas la gente que les prometí. Lo demás ya sabrás tú cómo manejarlo.

—¿Y del dinero qué les digo? ¿También se los entriego?

—Te voy a dar diez pesos para cada uno. Ahi nomás para sus gastos más urgentes. Les dices que el resto está aquí guardado y a su disposición. No es conveniente cargar tanto dinero andando en esos trajines. Entre paréntesis: ¿te gustaría el ranchito de la Puerta de Piedra? Bueno, pues es tuyo desde ahorita. Le vas a llevar un recado al licenciado Gerardo Trujillo, de Comala, y allí mismo pondrá a tu nombre la propiedad. ¿Qué dices, Damasio?

—Eso ni se pregunta, patrón. Aunque con eso o sin eso yo haría esto por puro gusto. Como si usted no me conociera. De cualquier modo, se lo agradezco. La vieja tendrá al menos con qué entretenerse mientras yo suelto el trapo.

—Y mira, ahi de pasada arréate unas cuantas vacas. A ese rancho lo que le falta es movimiento.

—¿No importa que sean cebuses?

—Escoge de las que quieras, y las que tantees pueda cuidar tu mujer. Y volviendo a nuestro asunto, procura no alejarte mucho de mis terrenos, por eso de que si vienen otros que vean el campo ya ocupado. Y venme a ver cada que puedas o tengas alguna novedad.

—Nos veremos, patrón.

—¿Qué es lo que dice, Juan Preciado?

—Dice que ella escondía sus pies entre las piernas de él. Sus pies helados como piedras frías y que allí se calentaban como en un horno donde se dora el pan. Dice que él le mordía los pies diciéndole que eran como pan dorado en el horno. Que dormía acurrucada, metiéndose dentro de él, perdida en la nada al sentir que se quebraba su carne, que se abría como un surco abierto por un clavo ardoroso, luego tibio, luego dulce, dando golpes duros contra su carne blanda; sumiéndose, sumiéndose más, hasta el gemido. Pero que le había dolido más su muerte. Eso dice.

—¿A quién se refiere?

—A alguien que murió antes que ella, seguramente.

—¿Pero quién pudo ser?

—No sé. Dice que la noche en la cual él tardó en venir sintió que había regresado ya muy noche, quizá de madrugada. Lo notó apenas, porque sus pies, que habían estado solos y fríos, parecieron envolverse en algo; que alguien los envolvía en algo y les daba calor. Cuando despertó los encontró liados en un periódico que ella había estado leyendo mientras lo esperaba y que había dejado caer al suelo cuando ya no pudo soportar el sueño. Y que allí estaban sus pies envueltos en el periódico cuando vinieron a decirle que él había muerto.

—Se ha de haber roto el cajón donde la enterraron, porque se oye como un crujir de tablas.

—Sí, yo también lo oigo.

Esa noche volvieron a sucederse los sueños. ¿Por qué ese recordar intenso de tantas cosas? ¿Por qué no simplemente la muerte y no esa música tierna del pasado?

—Florencio ha muerto, señora.

¡Qué largo era aquel hombre! ¡Qué alto! Y su voz era dura. Seca como la tierra más seca. Y su figura era borrosa, ¿o se hizo borrosa después?, como si entre ella y él se interpusiera la lluvia. "¿Qué había dicho? ¿Florencio? ¿De cuál Florencio hablaba? ¿Del mío? ¡Oh!, por qué no lloré y me anegué entonces en lágrimas para enjuagar mi angustia.

¡Señor, tú no existes! Te pedí tu protección para él. Que me lo cuidaras. Eso te pedí. Pero tú te ocupas nada más de las almas. Y lo que yo quiero de él es su cuerpo. Desnudo y caliente de amor; hirviendo de deseos; estrujando el temblor de mis senos y de mis brazos. Mi cuerpo transparente suspendido del suyo. Mi cuerpo liviano sostenido y suelto a sus fuerzas. ¿Qué haré ahora con mis labios sin su boca para llenarlos? ¿Qué haré de mis adoloridos labios?"

Mientras Susana San Juan se revolvía inquieta, de pie, junto a la puerta, Pedro Páramo la miraba y contaba los segundos de aquel nuevo sueño que ya duraba mucho. El aceite de la lámpara chisporroteaba y la llama hacía cada vez más débil su parpadeo. Pronto se apagaría.

Si al menos fuera dolor lo que sintiera ella, y no esos sueños sin sosiego, esos interminables y agotadores sueños, él podría buscarle algún consuelo. Así pensaba Pedro Páramo, fija la vista en Susana San Juan, siguiendo cada uno de sus movimientos. ¿Qué sucedería si ella también se apagara cuando se apagara la llama de aquella débil luz con que él la veía?

Después salió cerrando la puerta sin hacer ruido. Afuera, el limpio aire de la noche despegó de Pedro Páramo la imagen de Susana San Juan.

Ella despertó un poco antes del amanecer. Sudorosa. Tiró al suelo las pesadas cobijas y se deshizo hasta del calor de las sábanas. Entonces su cuerpo se quedó desnudo, refrescado por el viento de la madrugada. Suspiró y luego volvió a quedarse dormida.

Así fue como la encontró horas después el padre Rentería; desnuda y dormida.

—¿Sabe, don Pedro, que derrotaron al *Tilcuate*?

—Sé que hubo alguna balacera anoche, porque se estuvo oyendo el alboroto; pero de ahi en más no sé nada. ¿Quién te contó eso, Gerardo?

—Llegaron unos heridos a Comala. Mi mujer ayudó para eso de los vendajes. Dijeron que eran de la gente de Damasio y que habían tenido muchos muertos. Parece que se encontraron con unos que se dicen villistas.

—¡Qué caray, Gerardo! Estoy viendo llegar tiempos malos. ¿Y tú qué piensas hacer?

—Me voy, don Pedro. A Sayula. Allá volveré a establecerme.

—Ustedes los abogados tienen esa ventaja; pueden llevarse su patrimonio a todas partes, mientras no les rompan el hocico.

—Ni crea, don Pedro; siempre nos andamos creando problemas. Además duele dejar a personas como usted, y las deferencias que han tenido para con uno se extrañan. Vivimos rompiendo nuestro mundo a cada rato, si es válido decirlo. ¿Dónde quiere que le deje los papeles?

—No los dejes. Llévatelos. ¿O qué no puedes seguir encargado de mis asuntos allá adonde vas?

—Agradezco su confianza, don Pedro. La agradezco sinceramente. Aunque hago la salvedad de que me será imposible. Ciertas irregularidades... Digamos... Testimonios que nadie sino usted debe conocer. Pueden prestarse a malos manejos en caso de llegar a caer en otras manos. Lo más seguro es que estén con usted.

—Dices bien, Gerardo. Déjalos aquí. Los quemaré. Con papeles o sin ellos, ¿quién me puede discutir la propiedad de lo que tengo?

—Indudablemente nadie, don Pedro. Nadie. Con su permiso.

—Ve con Dios, Gerardo.

—¿Qué dijo usted?

—Digo que Dios te acompañe.

El licenciado Gerardo Trujillo salió despacio. Estaba ya viejo; pero no para dar esos pasos tan cortos, tan sin ganas. La verdad es que esperaba una recompensa. Había servido a don Lucas, que en paz descanse, padre de don Pedro; después a don Pedro, y todavía; luego a Miguel, hijo de don Pedro. La verdad es que esperaba una compensación. Una retribución grande y valiosa. Le había dicho a su mujer:

—Voy a despedirme de don Pedro. Sé que me gratificará. Estoy por decir que con el dinero que él me dé nos estableceremos bien en Sayula y viviremos holgadamente el resto de nuestros días.

Pero ¿por qué las mujeres siempre tienen una duda? ¿Reciben avisos del Cielo, o qué? Ella no estuvo segura de que consiguiera algo:

—Tendrás que trabajar muy duro allá para levantar cabeza. De aquí no sacarás nada.

—¿Por qué lo dices?

—Lo sé.

Siguió andando hacia la puerta, atento a cualquier llamado: "¡Ey, Gerardo! Lo preocupado que estoy no me ha permitido pensar en ti. Pero yo te debo favores que no se pagan con dinero. Recibe esto: es un regalo insignificante."

Pero el llamado no vino. Cruzó la puerta y desanudó el bozal con que su caballo estaba amarrado al horcón. Subió a la silla y, al paso, tratando de no alejarse mucho para oír si lo llamaban, caminó hacia Comala sin desviarse del camino.

Cuando vio que la Media Luna se perdía detrás de él, pensó: "Sería mucho rebajarme si le pidiera un préstamo."

—Don Pedro, he regresado, pues no estoy satisfecho conmigo mismo. Gustoso seguiré llevando sus asuntos.

Lo dijo, sentado nuevamente en el despacho de Pedro Páramo, donde había estado no hacía ni media hora.

—Está bien, Gerardo. Allí están los papeles, donde tú los dejaste.

—Desearía también... Los gastos... El traslado... Un mínimo adelanto de honorarios... Algo extra, por si usted lo tiene a bien.

—¿Quinientos?

—¿No podría ser un poco, digamos, un poquito más?

—¿Te conformas con mil?

—¿Y si fueran cinco?

—¿Cinco qué? ¿Cinco mil pesos? No los tengo. Tú bien sabes que todo está invertido. Tierras, animales. Tú lo sabes. Llévate mil. No creo que necesites más.

Se quedó meditando. La cabeza caída. Oía el tintineo de los pesos sobre el escritorio donde Pedro Páramo contaba el dinero. Se acordaba de don Lucas, que siempre le quedó a deber sus honorarios. De don Pedro, que hizo cuenta nueva. De Miguel su hijo: ¡cuántos bochornos le había dado ese muchacho!

Lo libró de la cárcel cuando menos unas quince veces, cuando no hayan sido más. Y el asesinato que cometió con aquel hombre, ¿cómo se apellidaba? Rentería, eso es. El muerto llamado Rentería, al que le pusieron una pistola en la mano. Lo asustado que estaba el Miguelito, aunque después le diera risa. Eso nomás ¿cuánto le hubiera costado a don Pedro si las cosas hubieran ido hasta allá, hasta lo legal? Y lo de las violaciones ¿qué? Cuántas veces él tuvo que sacar de su misma bolsa el dinero para que ellas le echaran tierra al asunto: "¡Date de buenas que vas a tener un hijo güerito!", les decía.

—Aquí tienes, Gerardo. Cuídalos muy bien, porque no retoñan.

Y él, que todavía estaba en sus cavilaciones, respondió:

—Sí, tampoco los muertos retoñan —y agregó—: Desgraciadamente.

F ALTABA MUCHO PARA el amanecer. El cielo estaba lleno de estrellas, gordas, hinchadas de tanta noche. La luna había salido un rato y luego se había ido. Era una de esas lunas tristes que nadie mira, a las que nadie hace caso. Estuvo un rato allí desfigurada, sin dar ninguna luz, y después fue a esconderse detrás de los cerros.

Lejos, perdido en la oscuridad, se oía el bramido de los toros.

«Esos animales nunca duermen —dijo Damiana Cisneros—. Nunca duermen. Son como el diablo, que siempre anda buscando almas para llevárselas al Infierno.»

Se dio vuelta en la cama, acercando la cara a la pared. Entonces oyó los golpes.

Detuvo la respiración y abrió los ojos. Volvió a oír tres golpes secos, como si alguien tocara con los nudos de la mano en la pared. No aquí, junto a ella, sino más lejos; pero en la misma pared.

«¡Válgame! Si no serán los tres toques de San Pascual Bailón, que viene a avisarle a algún devoto suyo que ha llegado la hora de su muerte.»

Y como ella había perdido el novenario desde hacía tiempo, a causa de sus reumas, no se preocupó; pero le entró miedo y, más que miedo, curiosidad.

Se levantó del catre sin hacer ruido y se asomó a la ventana. Los campos estaban negros. Sin embargo, lo conocía tan bien, que vio cuando el cuerpo enorme de Pedro Páramo se columpiaba sobre la ventana de la chacha Margarita.

—¡Ah, qué don Pedro! —dijo Damiana—. No se le quita lo gatero. Lo que no entiendo es por qué le gusta hacer las cosas tan a escondidas; con habérmelo avisado, yo le hubiera dicho a la Margarita que el patrón la necesitaba para esta noche, y él no hubiera tenido ni la molestia de levantarse de su cama.

Cerró la ventana al oír el bramido de los toros. Se echó sobre el catre cobijándose hasta las orejas, y luego se puso a pensar en lo que le estaría pasando a la chacha Margarita.

Más tarde tuvo que quitarse el camisón porque la noche comenzó a ponerse calurosa...

—¡Damiana! —oyó.

Entonces ella era muchacha.

—¡Ábreme la puerta, Damiana!

Le temblaba el corazón como si fuera un sapo brincándole entre las costillas.

—Pero ¿para qué, patrón?

—¡Ábreme, Damiana!

—Pero si ya estoy dormida, patrón.

Después sintió que don Pedro se iba por los largos corredores, dando aquellos zapatazos que sabía dar cuando estaba corajudo.

A la noche siguiente, ella, para evitar el disgusto, dejó la puerta entornada y hasta se desnudó para que él no encontrara dificultades.

Pero Pedro Páramo jamás regresó con ella.

Por eso ahora, cuando era la caporala de todas las sirvientas de la Media Luna, por haberse dado a respetar, ahora, que estaba ya vieja, todavía pensaba en aquella noche cuando el patrón le dijo:

«¡Ábreme la puerta, Damiana!»

Y se acostó pensando en lo feliz que sería a estas horas la chacha Margarita.

Después volvió a oír otros golpes; pero contra la puerta grande, como si la estuvieran aporreando a culatazos.

Otra vez abrió la ventana y se asomó a la noche. No veía nada; aunque le pareció que la tierra estaba llena de hervores, como cuando ha llovido y se enchina de gusanos. Sentía que se levantaba algo así como el calor de muchos hombres. Oyó el croar de las ranas; los grillos; la noche quieta del tiempo de aguas. Luego volvió a oír los culatazos aporreando la puerta.

Una lámpara regó su luz sobre la cara de algunos hombres. Después se apagó.

«Son cosas que a mí no me interesan», dijo Damiana Cisneros, y cerró la ventana.

—Supe que te habían derrotado, Damasio. ¿Por qué te dejas hacer eso?

—Le informaron mal, patrón. A mí no me ha pasado nada. Tengo mi gente enterita. Ahi le traigo setecientos hombres y otros cuantos arrimados. Lo que pasó es que unos pocos de los "viejos", aburridos de estar ociosos, se pusieron a disparar contra un pelotón de pelones, que resultó ser todo un ejército. Villistas, ¿sabe usted?

—¿Y de dónde salieron ésos?

—Vienen del Norte, arriando parejo con todo lo que encuentran. Parece, según se ve, que andan recorriendo la tierra, tanteando todos los terrenos. Son poderosos. Eso ni quien se los quite.

—¿Y por qué no te juntas con ellos? Ya te he dicho que hay que estar con el que vaya ganando.

—Ya estoy con ellos.

—¿Entonces para qué vienes a verme?

—Necesitamos dinero, patrón. Ya estamos cansados de comer carne. Ya ni se nos antoja. Y nadie nos quiere fiar. Por eso venimos, para que usted nos provea y no nos veamos urgidos de robarle a nadie. Si anduviéramos remotos no nos importaría darle un "entre" a los vecinos; pero aquí todos estamos emparentados y nos remuerde robar. Total, es dinero lo que necesitamos para mercar aunque sea una gorda con chile. Estamos hartos de comer carne.

—¿Ahora te me vas a poner exigente, Damasio?

—De ningún modo, patrón. Estoy abogando por los muchachos; por mí, ni me apuro.

—Está bien que te acomidas por tu gente; pero sonsácales a otros lo que necesitas. Yo ya te di. Confórmate con lo que te di. Y éste no es un consejo ni mucho menos, ¿pero no se te ha ocurrido asaltar Contla? ¿Para qué crees que andas en la revolución? Si vas a pedir limosna estás atrasado. Valía más que mejor te fueras con tu mujer a cuidar gallinas. ¡Échate sobre algún pueblo! Si tú andas arriesgando el pellejo, ¿por qué diablos no van a poner otros algo de su parte? Contla está que hierve de ricos. Quítales tantito de lo que tienen. ¿O acaso creen que tú eres su pilmama y que estás para cuidarles sus intereses? No, Damasio. Hazles ver que no andas jugando ni divirtiéndote. Dales un pegue y ya verás cómo sales con centavos de este mitote.

—Lo que sea, patrón. De usted siempre saco algo de provecho.

—Pues que te aproveche.

Pedro Páramo miró cómo los hombres se iban. Sintió desfilar frente a él el trote de caballos oscuros, confundidos con la noche. El sudor y el polvo; el temblor de la tierra. Cuando vio los cocuyos cruzando otra vez sus luces, se dio cuenta de que todos los hombres se habían ido. Quedaba él, solo, como un tronco duro comenzando a desgajarse por dentro.

Pensó en Susana San Juan. Pensó en la muchachita con la que acababa de dormir apenas un rato. Aquel pequeño cuerpo azorado y tembloroso que parecía iba a echar fuera su corazón por la boca. "Puñadito de carne", le dijo. Y se había abrazado a ella tratando de convertirla en la carne de Susana San Juan. "Una mujer que no era de este mundo."

En el comienzo del amanecer, el día va dándose vuelta, a pausas; casi se oyen los goznes de la tierra que giran enmohecidos; la vibración de esta tierra vieja que vuelca su oscuridad.

—¿Verdad que la noche está llena de pecados, Justina?

—Sí, Susana.

—¿Y es verdad?

—Debe serlo, Susana.

—¿Y qué crees que es la vida, Justina, sino un pecado? ¿No oyes? ¿No oyes cómo rechina la tierra?

—No, Susana, no alcanzo a oír nada. Mi suerte no es tan grande como la tuya.

—Te asombrarías. Te digo que te asombrarías de oír lo que yo oigo.

Justina siguió poniendo orden en el cuarto. Repasó una y otra vez la jerga sobre los tablones húmedos del piso. Limpió el agua del florero roto. Recogió las flores. Puso los vidrios en el balde lleno de agua.

—¿Cuántos pájaros has matado en tu vida, Justina?
—Muchos, Susana.
—¿Y no has sentido tristeza?
—Sí, Susana.
—Entonces ¿qué esperas para morirte?
—La muerte, Susana.
—Si es nada más eso, ya vendrá. No te preocupes.

Susana San Juan estaba incorporada sobre sus almohadas. Los ojos inquietos, mirando hacia todos lados. Las manos sobre el vientre, prendidas a su vientre como una concha protectora. Había ligeros zumbidos que cruzaban como alas por encima de su cabeza. Y el ruido de las poleas en la noria. El rumor que hace la gente al despertar.

—¿Tú crees en el Infierno, Justina?
—Sí, Susana. Y también en el Cielo.
—Yo sólo creo en el Infierno —dijo. Y cerró los ojos.

Cuando salió Justina del cuarto, Susana San Juan estaba nuevamente dormida y afuera chisporroteaba el sol. Se encontró con Pedro Páramo en el camino.

—¿Cómo está la señora?
—Mal —le dijo agachando la cabeza.
—¿Se queja?
—No, señor, no se queja de nada; pero dicen que los muertos ya no se quejan. La señora está perdida para todos.
—¿No ha venido el padre Rentería a verla?

—Anoche vino y la confesó. Hoy debía de haber comulgado, pero no debe estar en gracia porque el padre Rentería no le ha traído la comunión. Dijo que lo haría a hora temprana, y ya ve usted, el sol ya está aquí y no ha venido. No debe estar en gracia.
—¿En gracia de quién?
—De Dios, señor.
—No seas tonta, Justina.
—Como usted lo diga, señor.

Pedro Páramo abrió la puerta y se estuvo junto a ella, dejando que un rayo de luz cayera sobre Susana San Juan. Vio sus ojos apretados como cuando se siente un dolor interno; la boca humedecida, entreabierta, y las sábanas siendo recorridas por manos inconscientes hasta mostrar la desnudez de su cuerpo que comenzó a retorcerse en convulsiones.

Recorrió el pequeño espacio que lo separaba de la cama y cubrió el cuerpo desnudo, que siguió debatiéndose como un gusano en espasmos cada vez más violentos. Se acercó a su oído y le habló: "¡Susana!" Y volvió a repetir: "¡Susana!"

Se abrió la puerta y entró el padre Rentería en silencio, moviendo brevemente los labios:

—Te voy a dar la comunión, hija mía.

Esperó a que Pedro Páramo la levantara recostándola contra el respaldo de la cama. Susana San Juan, semidormida, estiró la lengua y se tragó la hostia. Después dijo: "Hemos pasado un rato muy feliz, Florencio." Y se volvió a hundir entre la sepultura de sus sábanas.

—¿VE USTED AQUELLA ventana, doña Fausta, allá en la Media Luna, donde siempre ha estado prendida la luz?

—No, Ángeles. No veo ninguna ventana.

—Es que ahorita se ha quedado a oscuras. ¿No estará pasando algo malo en la Media Luna? Hace más de tres años que está aluzada esa ventana, noche tras noche. Dicen los que han estado allí que es el cuarto donde habita la mujer de Pedro Páramo, una pobrecita loca que le tiene miedo a la oscuridad. Y mire: ahora mismo se ha apagado la luz. ¿No será un mal suceso?

—Tal vez haya muerto. Estaba muy enferma. Dicen que ya no conocía a la gente, y dizque hablaba sola. Buen castigo ha de haber soportado Pedro Páramo casándose con esa mujer.

—Pobre del señor don Pedro.

—No, Fausta. Él se lo merece. Eso y más.

—Mire, la ventana sigue a oscuras.

—Ya deje tranquila esa ventana y vámonos a dormir, que es muy noche para que este par de viejas andemos sueltas por la calle.

Y las dos mujeres, que salían de la iglesia muy cerca de las once de la noche, se perdieron bajo los arcos del portal, mirando cómo la sombra de un hombre cruzaba la plaza en dirección de la Media Luna.

—Oiga, doña Fausta, ¿no se le figura que el señor que va allí es el doctor Valencia?

—Así parece, aunque estoy tan cegatona que no lo podría reconocer.

—Acuérdese que siempre viste pantalones blancos y saco negro. Yo le apuesto a que está aconteciendo algo malo en la Media Luna. Y mire lo recio que va, como si lo correteara la prisa.

—Con tal de que no sea de verdad una cosa grave. Me dan ganas de regresar y decirle al padre Rentería que se dé una vuelta por allá, no vaya a resultar que esa infeliz muera sin confesión.

—Ni lo piense, Ángeles. Ni lo quiera Dios. Después de todo lo que ha sufrido en este mundo, nadie desearía que se fuera sin los auxilios espirituales, y que siguiera penando en la otra vida. Aunque dicen los zahorinos que a los locos no les vale la confesión, y aun cuando tengan el alma impura son inocentes. Eso sólo Dios lo sabe... Mire usted, ya se ha vuelto a prender la luz en la ventana. Ojalá todo salga bien. Imagínese en qué pararía el trabajo que nos hemos tomado todos estos días para arreglar la iglesia y que luzca bonita ahora para la Natividad, si alguien se muere en esa casa. Con el poder que tiene don Pedro, nos desbarataría la función en un santiamén.

—A usted siempre se le ocurre lo peor, doña Fausta. Mejor haga lo que yo: encomiéndelo todo a la Divina Providencia. Récele un Ave María a la Virgen y estoy segura que nada va a pasar de hoy a mañana. Ya después, que se haga la voluntad de Dios; al fin y al cabo, ella no debe estar tan contenta en esta vida.

—Créame, Ángeles, que usted siempre me repone el ánimo. Voy a dormir llevándome al sueño estos pensamientos. Dicen que los pensamientos de los sueños van derechito al Cielo. Ojalá que los míos alcancen esa altura. Nos veremos mañana.

—Hasta mañana, Fausta.

Las dos viejas, puerta de por medio, se metieron en sus casas. El silencio volvió a cerrar la noche sobre el pueblo.

—Tengo la boca llena de tierra.
—Sí, padre.

—No digas: "Sí, padre." Repite conmigo lo que yo vaya diciendo.

—¿Qué va usted a decirme? ¿Me va a confesar otra vez? ¿Por qué otra vez?

—Ésta no será una confesión, Susana. Sólo vine a platicar contigo. A prepararte para la muerte.

—¿Ya me voy a morir?

—Sí, hija.

—¿Por qué entonces no me deja en paz? Tengo ganas de descansar. Le han de haber encargado que viniera a quitarme el sueño. Que se estuviera aquí conmigo hasta que se me fuera el sueño. ¿Qué haré después para encontrarlo? Nada, padre. ¿Por qué mejor no se va y me deja tranquila?

—Te dejaré en paz, Susana. Conforme vayas repitiendo las palabras que yo diga, te irás quedando dormida. Sentirás como si tú misma te arrullaras. Y ya que te duermas nadie te despertará... Nunca volverás a despertar.

—Está bien, padre. Haré lo que usted diga.

El padre Rentería, sentado en la orilla de la cama, puestas las manos sobre los hombros de Susana San Juan, con su boca casi pegada a la oreja de ella para no hablar fuerte, encajaba secretamente cada una de sus palabras: "Tengo la boca llena de tierra." Luego se detuvo. Trató de ver si los labios de ella se movían. Y los vio balbucir, aunque sin dejar salir ningún sonido.

«Tengo la boca llena de ti, de tu boca. Tus labios apretados, duros como si mordieran oprimiendo mis labios...»

Se detuvo también. Miró de reojo al padre Rentería y lo vio lejos, como si estuviera detrás de un vidrio empañado.

Luego volvió a oír la voz calentando su oído:

—Trago saliva espumosa; mastico terrones plagados de gusanos que se me anudan en la garganta y raspan la pared del paladar... Mi boca se hunde, retorciéndose en muecas, perforada por los dientes que la taladran y devoran. La nariz se reblandece. La gelatina de los ojos se derrite. Los cabellos arden en una sola llamarada...

Le extrañaba la quietud de Susana San Juan. Hubiera querido adivinar sus pensamientos y ver la batalla de aquel corazón por rechazar las imágenes que él estaba sembrando dentro de ella. Le miró los ojos y ella le devolvió la mirada. Y le pareció ver como si sus labios forzaran una sonrisa.

—Aún falta más. La visión de Dios. La luz suave de su Cielo infinito. El gozo de los querubines y el canto de los serafines. La alegría de los ojos de Dios, última y fugaz visión de los condenados a la pena eterna. Y no sólo eso, sino todo conjugado con un dolor terrenal. El tuétano de nuestros huesos convertido en lumbre y las venas de nuestra sangre en hilos de fuego, haciéndonos dar reparos de increíble dolor; no menguado nunca; atizado siempre por la ira del Señor.

«Él me cobijaba entre sus brazos. Me daba amor.»

El padre Rentería repasó con la vista las figuras que estaban alrededor de él, esperando el último momento. Cerca de la puerta, Pedro Páramo aguardaba con los brazos cruzados; en seguida, el doctor Valencia, y junto a ellos otros señores. Más allá, en las sombras, un puño de mujeres a las que se les hacía tarde para comenzar a rezar la oración de difuntos.

Tuvo intenciones de levantarse. Dar los santos óleos a la enferma y decir: "He terminado." Pero no, no había terminado todavía. No podía entregar los sacramentos a una mujer sin conocer la medida de su arrepentimiento.

Le entraron dudas. Quizá ella no tenía nada de que arrepentirse. Tal vez él no tenía nada de que perdonarla. Se inclinó nuevamente sobre ella y, sacudiéndole los hombros, le dijo en voz baja:

—Vas a ir a la presencia de Dios. Y su juicio es inhumano para los pecadores.

Luego se acercó otra vez a su oído; pero ella sacudió la cabeza:

—¡Ya váyase, padre! No se mortifique por mí. Estoy tranquila y tengo mucho sueño.

Se oyó el sollozo de una de las mujeres escondidas en la sombra.

Entonces Susana San Juan pareció recobrar vida. Se alzó en la cama y dijo:

—¡Justina, hazme el favor de irte a llorar a otra parte!

Después sintió que la cabeza se le clavaba en el vientre. Trató de separar el vientre de su cabeza; de hacer a un lado aquel vientre que le apretaba los ojos y le cortaba la respiración; pero cada vez se volcaba más como si se hundiera en la noche.

—Yo. Yo vi morir a doña Susanita.
—¿Qué dices, Dorotea?
—Lo que te acabo de decir.

AL ALBA, LA gente fue despertada por el repique de las campanas. Era la mañana del 8 de diciembre. Una mañana gris. No fría; pero gris. El repique comenzó con la campana mayor. La siguieron las demás. Algunos creyeron que llamaban para la misa grande y empezaron a abrirse las puertas; las menos, sólo aquellas donde vivía gente desmañanada, que esperaba despierta a que el toque del alba les avisara que ya había terminado la noche. Pero el repique duró más de lo debido. Ya no sonaban sólo las campanas de la iglesia mayor, sino también las de la Sangre de Cristo, las de la Cruz Verde y tal vez las del Santuario. Llegó el mediodía y no cesaba el repique. Llegó la noche. Y de día y de noche las campanas siguieron tocando, todas por igual, cada vez con más fuerza, hasta que aquello se convirtió en un lamento rumoroso de sonidos. Los hombres gritaban para oír lo que querían decir. "¿Qué habrá pasado?", se preguntaban.

A los tres días todos estaban sordos. Se hacía imposible hablar con aquel zumbido de que estaba lleno el aire. Pero las campanas seguían, seguían, algunas ya cascadas, con un sonar hueco como de cántaro.

—Se ha muerto doña Susana.
—¿Muerto? ¿Quién?
—La señora.
—¿La tuya?
—La de Pedro Páramo.

Comenzó a llegar gente de otros rumbos, atraída por el constante repique. De Contla venían como en peregrinación. Y aun de más lejos. Quién sabe de dónde, pero llegó un circo, con volantines y sillas voladoras. Músicos. Se acercaban primero como si fueran mirones, y al rato ya se habían avecindado, de manera que hasta hubo serenatas. Y así poco a poco la cosa se convirtió en fiesta. Comala hormigueó de gente, de jolgorio y de ruidos, igual que en los días de la función en que costaba trabajo dar un paso por el pueblo.

Las campanas dejaron de tocar; pero la fiesta siguió. No hubo modo de hacerles comprender que se trataba de un duelo, de días de duelo. No hubo modo de hacer que se fueran; antes, por el contrario, siguieron llegando más.

La Media Luna estaba sola, en silencio. Se caminaba con los pies descalzos; se hablaba en voz baja. Enterraron a Susana San Juan y pocos en Comala se enteraron. Allá había feria. Se jugaba a los gallos, se oía la música; los gritos de los borrachos y de las loterías. Hasta acá llegaba la luz del pueblo, que parecía una aureola sobre el cielo gris. Porque fueron días grises, tristes para la Media Luna. Don Pedro no hablaba. No salía de su cuarto. Juró vengarse de Comala:

—Me cruzaré de brazos y Comala se morirá de hambre.

Y así lo hizo.

EL TILCUATE SIGUIÓ viniendo:

—Ahora somos carrancistas.

—Está bien.

—Andamos con mi general Obregón.

—Está bien.

—Allá se ha hecho la paz. Andamos sueltos.

—Espera. No desarmes a tu gente. Esto no puede durar mucho.

—Se ha levantado en armas el padre Rentería. ¿Nos vamos con él, o contra él?

—Eso ni se discute. Ponte al lado del gobierno.

—Pero si somos irregulares. Nos consideran rebeldes.

—Entonces vete a descansar.

—¿Con el vuelo que llevo?

—Haz lo que quieras, entonces.

—Me iré a reforzar al padrecito. Me gusta cómo gritan. Además lleva uno ganada la salvación.

—Haz lo que quieras.

PEDRO PÁRAMO ESTABA sentado en un viejo equipal, junto a la puerta grande de la Media Luna, poco antes de que se fuera la última sombra de la noche. Estaba solo, quizá desde hacía tres horas. No dormía. Se había olvidado del sueño y del tiempo: "Los viejos dormimos poco, casi nunca. A veces apenas si dormitamos; pero sin dejar de pensar. Eso es lo único que me queda por hacer." Después añadió en voz alta: "No tarda ya. No tarda."

Y siguió: «Hace mucho tiempo que te fuiste, Susana. La luz era igual entonces que ahora, no tan bermeja; pero era la misma pobre luz sin lumbre, envuelta en el paño blanco de la neblina que hay ahora. Era el mismo momento. Yo aquí, junto a la puerta mirando el amanecer y mirando cuando te ibas, siguiendo el camino del Cielo; por donde el cielo comenzaba a abrirse en luces, alejándote, cada vez más desteñida entre las sombras de la tierra.

»Fue la última vez que te vi. Pasaste rozando con tu cuerpo las ramas del paraíso que está en la vereda y te llevaste con tu aire sus últimas hojas. Luego desapareciste. Te dije: "¡Regresa, Susana!"»

Pedro Páramo siguió moviendo los labios, susurrando palabras. Después cerró la boca y entreabrió los ojos, en los que se reflejó la débil claridad del amanecer.

Amanecía.

A ESA MISMA hora, la madre de Gamaliel Villalpando, doña Inés, barría la calle frente a la tienda de su hijo, cuando llegó y, por la puerta entornada, se metió Abundio Martínez. Se encontró al Gamaliel dormido encima del mostrador con el sombrero cubriéndole la cara para que no lo molestaran las moscas. Tuvo que esperar un buen rato para que despertara. Tuvo que esperar a que doña Inés terminara la faena de barrer la calle y viniera a picarle las costillas a su hijo con el mango de la escoba y le dijera:

—¡Aquí tienes un cliente! ¡Alevántate!

El Gamaliel se enderezó de mal genio, dando gruñidos. Tenía los ojos colorados de tanto desvelarse y de tanto acompañar a los borrachos, emborrachándose con ellos. Ya sentado sobre el mostrador, maldijo a su madre, se maldijo a sí mismo y maldijo infinidad de veces a la vida "que valía un puro carajo". Luego volvió a acomodarse con las manos entre las piernas y se volvió a dormir todavía farfullando maldiciones:

—Yo no tengo la culpa de que a estas horas anden sueltos los borrachos.

—El pobre de mi hijo. Discúlpalo, Abundio. El pobre se pasó la noche atendiendo a unos viajantes que se picaron con las copas. ¿Qué es lo que te trae por aquí tan de mañana?

Se lo dijo a gritos, porque Abundio era sordo.

—Pos nada más un cuartillo de alcohol del que estoy necesitado.

—¿Se te volvió a desmayar la Refugio?

—Se me murió ya, madre Villa. Anoche mismito, muy cerca de las once. Y conque hasta vendí mis burros. Hasta eso vendí porque se me aliviara.

—¡No oigo lo que estás diciendo! ¿O no estás diciendo nada? ¿Qué es lo que dices?

—Que me pasé la noche velando a la muerta, a la Refugio. Dejó de resollar anoche.

—Con razón me olió a muerto. Fíjate que hasta yo le dije al Gamaliel: "Me huele que alguien se murió en el pueblo." Pero ni caso me hizo; con eso de que tuvo que congeniar con los viajantes, el pobre se emborrachó. Y tú sabes que cuando está en ese estado, todo le da risa y ni caso le hace a una. ¿Pero qué me dices? ¿Y tienes convidados para el velorio?

—Ninguno, madre Villa. Para eso quiero el alcohol, para curarme la pena.

—¿Lo quieres puro?

—Sí, madre Villa. Pa emborracharme más pronto. Y démelo rápido que llevo prisa.

—Te daré dos decilitros por el mismo precio y por ser para ti. Ve diciéndole entretanto a la difuntita que yo siempre la aprecié y que me tome en cuenta cuando llegue a la Gloria.

—Sí, madre Villa.

—Díselo antes de que se acabe de enfriar.

—Se lo diré. Yo sé que ella también cuenta con usté pa que ofrezca sus oraciones. Con decirle que se murió compungida porque no hubo ni quien la auxiliara.

—¿Qué, no fuiste a ver al padre Rentería?

—Fui. Pero me informaron que andaba en el cerro.

—¿En cuál cerro?

—Pos por esos andurriales. Usted sabe que andan en la revuelta.

—¿De modo que también él? Pobres de nosotros, Abundio.

—A nosotros qué nos importa eso, madre Villa. Ni nos va ni nos viene. Sírvame la otra. Ahi como que se hace la disimulada, al fin y al cabo el Gamaliel está dormido.

—Pero no se te olvide pedirle a la Refugio que ruegue a Dios por mí, que tanto lo necesito.

—No se mortifique. Se lo diré en llegando. Y hasta le sacaré la promesa de palabra, por si es necesario y pa que usté se deje de apuraciones.

—Eso, eso mero debes hacer. Porque tú sabes cómo son las mujeres. Así que hay que exigirles el cumplimiento en seguida.

Abundio Martínez dejó otros veinte centavos sobre el mostrador.

—Deme el otro cuartillo, madre Villa. Y si me lo quiere dar sobradito, pos ahi es cosa de usté. Lo único que le prometo es que éste sí me lo iré a beber junto a la difuntita; junto a mi Cuca.

—Vete pues, antes que se despierte mi hijo. Se le agria mucho el genio cuando amanece después de una borrachera. Vete volando y no se te olvide darle mi encargo a tu mujer.

Salió de la tienda dando estornudos. Aquello era pura lumbre; pero, como le habían dicho que así se subía más pronto, sorbió un trago tras otro, echándose aire en la boca con la falda de la camisa. Luego trató de ir derecho a su casa donde lo esperaba la Refugio; pero torció el camino y echó a andar calle arriba, saliéndose del pueblo por donde lo llevó la vereda.

—¡Damiana! —llamó Pedro Páramo—. Ven a ver qué quiere ese hombre que viene por el camino.

Abundio siguió avanzando, dando traspiés, agachando la cabeza y a veces caminando en cuatro patas. Sentía que la tierra se retorcía, le daba vueltas y luego se le soltaba; él corría para agarrarla, y cuando ya la tenía en sus manos se le volvía a ir, hasta que llegó frente a la figura de un señor sentado junto a una puerta. Entonces se detuvo:

—Denme una caridad para enterrar a mi mujer —dijo.

Damiana Cisneros rezaba: "De las asechanzas del enemigo malo, líbranos, Señor." Y le apuntaba con las manos haciendo la señal de la cruz.

Abundio Martínez vio a la mujer de los ojos azorados, poniéndole aquella cruz enfrente, y se estremeció. Pensó que tal vez el demonio lo había seguido hasta allí, y se dio vuelta, esperando encontrarse con alguna mala figuración. Al no ver a nadie, repitió:

—Vengo por una ayudita para enterrar a mi muerta.

El sol le llegaba por la espalda. Ese sol recién salido, casi frío, desfigurado por el polvo de la tierra.

La cara de Pedro Páramo se escondió debajo de las cobijas como si se escondiera de la luz, mientras que los gritos de Damiana se oían salir más repetidos, atravesando los campos: "¡Están matando a don Pedro!"

Abundio Martínez oía que aquella mujer gritaba. No sabía qué hacer para acabar con esos gritos. No le encontraba la punta a sus pensamientos. Sentía que los gritos de la vieja se debían estar oyendo muy lejos. Quizá hasta su mujer los estuviera oyendo, porque a él le taladraban las orejas, aunque no entendía lo que decía. Pensó en su mujer que estaba tendida en el catre, solita, allá en el patio de su casa, adonde él la había sacado para que se serenara y no se apestara pronto. La Cuca, que todavía ayer se acostaba con él, bien viva, retozando como una potranca, y que lo mordía y le raspaba la nariz con su nariz. La que le dio aquel hijito que se les murió apenas nacido, dizque porque ella estaba incapacitada: el mal de ojo y los fríos y la rescoldera y no sé cuántos males tenía su mujer, según le dijo el doctor que fue a verla ya a última hora, cuando tuvo que vender sus burros para traerlo hasta acá, por el cobro tan alto que le pidió. Y de nada había servido... La Cuca, que ahora estaba allá aguantando el relente, con los ojos cerrados, ya sin poder ver amanecer; ni este sol ni ningún otro.

—¡Ayúdenme! —dijo—. Denme algo.

Pero ni siquiera él se oyó. Los gritos de aquella mujer lo dejaban sordo.

Por el camino de Comala se movieron unos puntitos negros. De pronto los puntitos se convirtieron en hombres y luego estuvieron aquí, cerca de él. Damiana Cisneros dejó de gritar. Deshizo su cruz. Ahora se había caído y abría la boca como si bostezara.

Los hombres que habían venido la levantaron del suelo y la llevaron al interior de la casa.

—¿No le ha pasado nada a usted, patrón? —preguntaron.

Apareció la cara de Pedro Páramo, que sólo movió la cabeza.

Desarmaron a Abundio, que aún tenía el cuchillo lleno de sangre en la mano:

—Vente con nosotros —le dijeron—. En buen lío te has metido.

Y él los siguió.

Antes de entrar en el pueblo les pidió permiso. Se hizo a un lado y allí vomitó una cosa amarilla como de bilis. Chorros y chorros, como si hubiera sorbido diez litros de agua. Entonces le comenzó a arder la cabeza y sintió la lengua trabada:

—Estoy borracho —dijo.

Regresó adonde estaban esperándolo. Se apoyó en los hombros de ellos, que lo llevaron a rastras, abriendo un surco en la tierra con la punta de los pies.

Allá atrás, Pedro Páramo, sentado en su equipal, miró el cortejo que se iba hacia el pueblo. Sintió que su mano izquierda, al querer levantarse, caía muerta sobre sus rodillas; pero no hizo caso de eso. Estaba acostumbrado a ver morir cada día alguno de sus pedazos. Vio cómo se sacudía el paraíso dejando caer sus hojas: "Todos escogen el mismo camino. Todos se van." Después volvió al lugar donde había dejado sus pensamientos.

—Susana —dijo. Luego cerró los ojos—. Yo te pedí que regresaras...

»...Había una luna grande en medio del mundo. Se me perdían los ojos mirándote. Los rayos de la luna filtrándose sobre tu cara. No me cansaba de ver esa aparición que eras tú. Suave, restregada de luna; tu boca abullonada, humedecida, irisada de estrellas; tu cuerpo transparentándose en el agua de la noche. Susana, Susana San Juan.»

Quiso levantar su mano para aclarar la imagen; pero sus piernas la retuvieron como si fuera de piedra. Quiso levantar la otra mano y fue cayendo despacio, de lado, hasta quedar apoyada en el suelo como una muleta deteniendo su hombro deshuesado.

«Ésta es mi muerte», dijo.

El sol se fue volteando sobre las cosas y les devolvió su forma. La tierra en ruinas estaba frente a él, vacía. El calor caldeaba su cuerpo. Sus ojos apenas se movían; saltaban de un recuerdo a otro, desdibujando el presente. De pronto su corazón se detenía y parecía como si también se detuviera el tiempo. Y el aire de la vida.

«Con tal de que no sea una nueva noche», pensaba él.

Porque tenía miedo de las noches que le llenaban de fantasmas la oscuridad. De encerrarse con sus fantasmas. De eso tenía miedo.

«Sé que dentro de pocas horas vendrá Abundio con sus manos ensangrentadas a pedirme la ayuda que le negué. Y yo no tendré manos para taparme los ojos y no verlo. Tendré que oírlo; hasta que su voz se apague con el día, hasta que se le muera su voz.»

Sintió que unas manos le tocaban los hombros y enderezó el cuerpo, endureciéndolo.

—Soy yo, don Pedro —dijo Damiana—. ¿No quiere que le traiga su almuerzo?

Pedro Páramo respondió:

—Voy para allá. Ya voy.

Se apoyó en los brazos de Damiana Cisneros e hizo intento de caminar. Después de unos cuantos pasos cayó, suplicando por dentro; pero sin decir una sola palabra. Dio un golpe seco contra la tierra y se fue desmoronando como si fuera un montón de piedras.

Pedro Páramo

por

JUAN RULFO

letras mexicanas

Fondo de Cultura Económica

Pedro Páramo

PORTADAS EN OTROS IDIOMAS

1958 - 2024

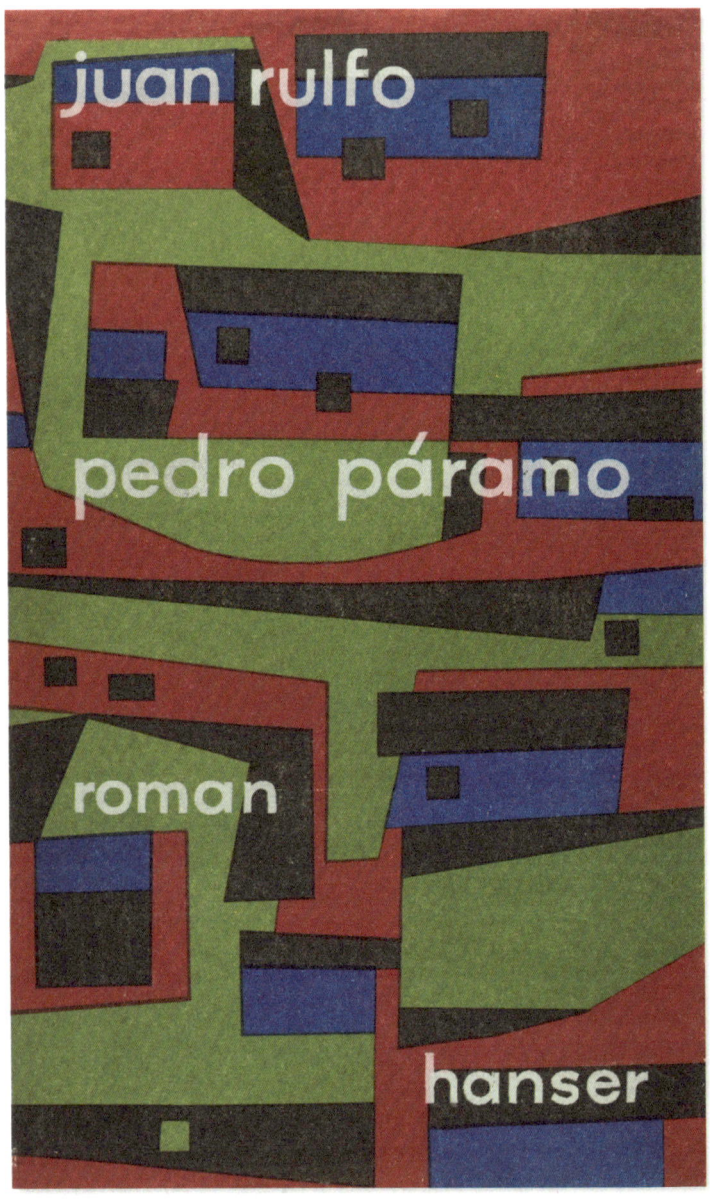

Portadas en otros idiomas 1958-2024

1. Traducción: Alemán
   Año: 1958
   Ciudad: Munich
   Editorial: Hanser
   Traductor: Mariana Frenk
2. Traducción: Francés
   Año: 1959
   Ciudad: París
   Editorial: Gallimard
   Traductor: Roger Lescot
3. Traducción: Inglés
   Año: 1959
   Ciudad: Nueva York
   Editorial: Grove Press
   Traductor: Lysander Kemp
4. Traducción: Sueco
   Año: 1960
   Ciudad: Estocolmo
   Editorial: Almqvist & Wiksell-Gebors Förlag AB
   Traductor: Karin Alin

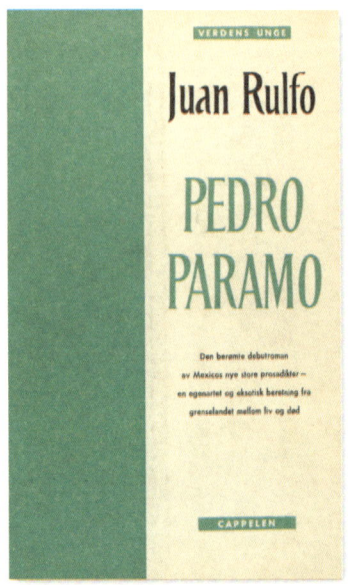

5. Traducción: Italiano
   Año: 1960
   Ciudad: Milán
   Editorial: Feltrinelli
   Traductor: Emilia Mancuso
6. Traducción: Noruego
   Año: 1961
   Ciudad: Oslo
   Editorial: J.W. Cappelens
   Traductor: Per Wollebaeck
7. Traducción: Danés
   Año: 1961
   Ciudad: Copenhague
   Editorial: Aschehoug Dansk,
   Levende Literatur
   Traductor: Uffe Harder
8. Traducción: Holandés
   Año: 1962
   Ciudad: Lochem
   Editorial: De Tijdstroom
   Traductor: Jean M. Lechner

Portadas en otros idiomas 1958-2024

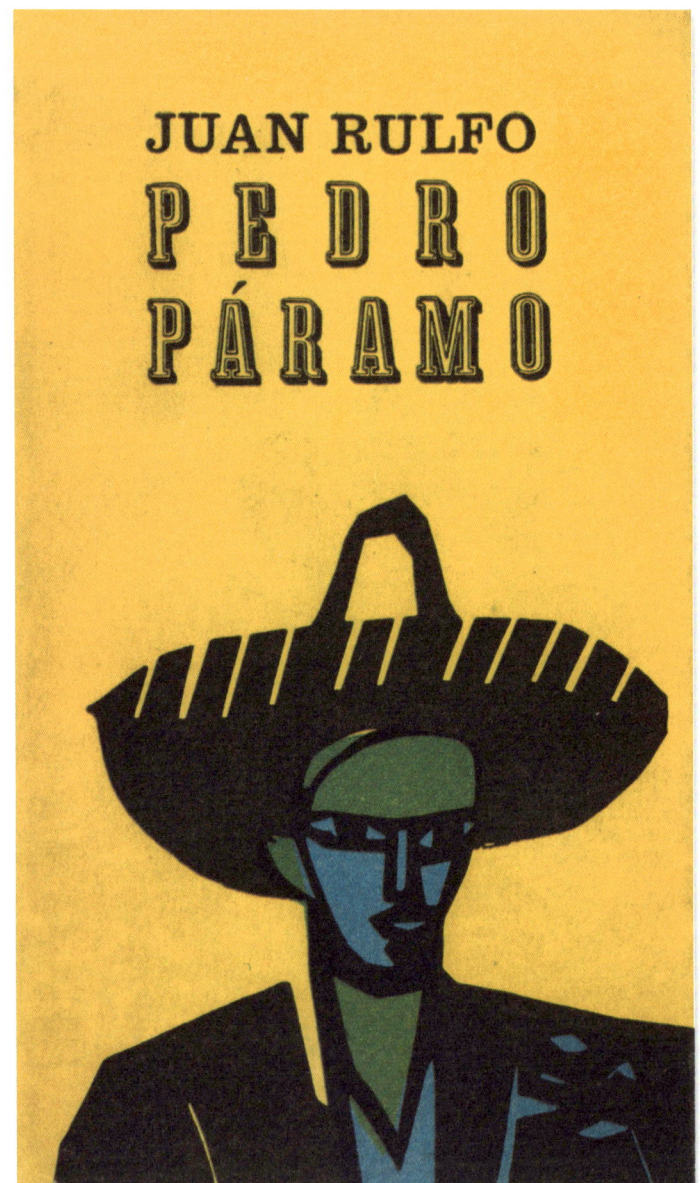

Portadas en otros idiomas 1958-2024

9. Traducción: Polaco
   Año: 1966
   Ciudad: Varsovia
   Editorial: Ksiazka Wiedza
   Traductor: Kalina Wojciechowska
10. Traducción: Serbio
    Año: 1966
    Ciudad: Belgrado
    Editorial: Nolit
    Traductor: Radoje Tatic
11. Traducción: Alemán
    Año: 1968
    Ciudad: Munich
    Editorial: Deutscher Taschenbuch Verlag
    Traductor: Mariana Frenk

12. Traducción: Portugués
    Año: 1969
    Ciudad: Sao Paulo
    Editorial: Brasiliense
    Traductor: Jurema Finamour
13. Traducción: Inglés
    Año: 1969
    Ciudad: Nueva York
    Editorial: Grove Press
    Traductor: Lysander Kemp
14. Traducción: Esloveno
    (con *El Llano en llamas*)
    Año: 1970
    Ciudad: Ljubljana
    Editorial: Cankarjeva Zalozba
    Traductor: Alenka Bole-Vrabec

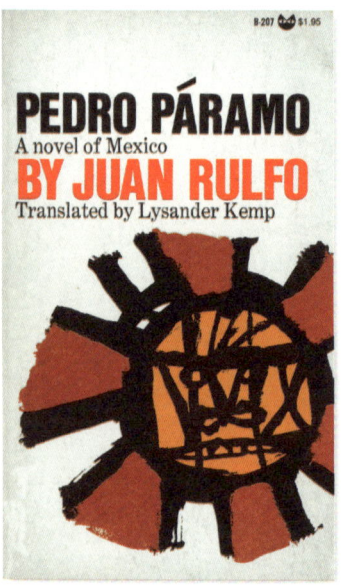

Portadas en otros idiomas 1958-2024

15. Traducción: Hebreo
    Año: 1970
    Ciudad: Tel-Aviv
    Editorial: Sifriat Poalim
    Traductor: Natan Yonatan
16. Traducción: Ruso
    (con *El Llano en llamas*)
    Año: 1970
    Ciudad: Moscú
    Editorial: Khudozhestvenniia Literatura
    Traductor: P. Glazova
17. Traducción: Alemán
    Año: 1975
    Ciudad: Munich
    Editorial: Suhrkamp
    Traductor: Mariana Frenk

Portadas en otros idiomas 1958-2024

18. Traducción: Portugués
    (con *El Llano en llamas*)
    Año: 1977
    Ciudad: Rio de Janeiro
    Editorial: Paz e Terra
    Traductor: Eliane Zagury
19. Traducción: Italiano
    Año: 1977
    Ciudad: Turín
    Editorial: Einaudi
    Traductor: Francisca Perujo
20. Traducción: Portugués
    Año: Posterior a 1977
    Ciudad: Sao Paulo
    Editorial: Círculo do Livro
    Traductor: Eliane Zagury

21. Traducción: Húngaro
    (con *El Llano en llamas*)
    Año: 1978
    Ciudad: Budapest
    Editorial: Europa Konyvkkiado
    Traductores: Ana Belia, Giorgy Hargitai y Pal Kurti
22. Traducción: Estonio
    Año: 1979
    Ciudad: Tallinn
    Editorial: Periodika
    Traductor: Tatjana Hallap
23. Traducción: Japonés
    Año: 1979
    Ciudad: Tokio
    Editorial: Iwanami Gendai
    Traductores: Akira Sugiyama y Yoshio Masuda

Portadas en otros idiomas 1958-2024

24. Traducción: Chino
    (con *El Lano en llamas*)
    Año: 1980
    Ciudad: Beijing
    Editorial: Ren Min Wen Chubanshe
    Traductor: Tu Mengchao
25. Traducción: Portugués
    Año: 1980
    Ciudad: Lisboa
    Editorial: Edicoes 70
    Traductor: Antonio José Massano
26. Traducción: Checo
    (con *El Llano en llamas*)
    Año: 1983
    Ciudad: Praga
    Editorial: Odeon
    Traductor: Eduard Hodousek

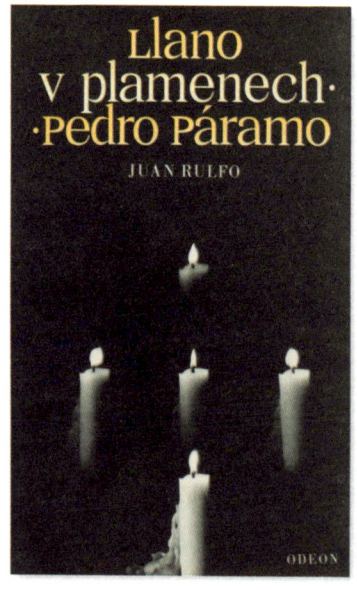

Portadas en otros idiomas 1958-2024

27. Traducción: Alemán
    (con *El Llano en llamas*)
    Año: 1983
    Ciudad: Leipzig
    Editorial: Volk und Welt
    Traductor: Mariana Frenk
28. Traducción: Alemán
    (con *El Llano en llamas*)
    Año: 1984
    Ciudad: Munich
    Editorial: Hanser
    Traductor: Mariana Frenk
29. Traducción: Islandés
    Año: 1985
    Ciudad: Reykiavik
    Editorial: Idunn
    Traductor: Gudbergur Bergsson

Pedro Páramo

പെദ്രോ പരാമോ
ഹുവാൻ റുൾഫോ
വിലാസിനി

Portadas en otros idiomas 1958-2024

30. Traducción: Malayalam
    Año: 1987
    Ciudad: Calcuta
    Editorial: Malayalam Publications
    Traductor: Vilasini
31. Traducción: Alemán
    (con *El Llano en llamas*)
    Año: 1987
    Ciudad: Munich
    Editorial: Fischer
    Traductor: Mariana Frenk
32. Traducción: Alemán
    Año: 1989
    Ciudad: Munich
    Editorial: Hanser
    Traductor: Mariana Frenk

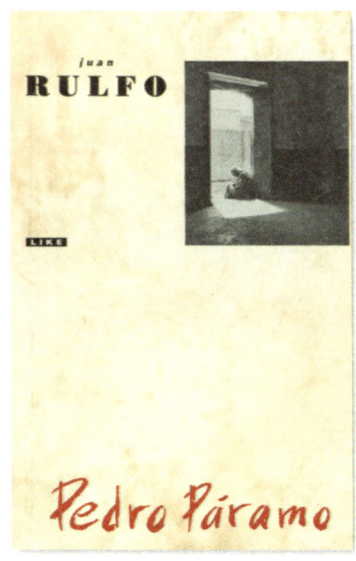

33. Traducción: Italiano
    Año: 1989
    Ciudad: Turín
    Editorial: Einaudi
    Traductor: Francisca Perujo
34. Traducción: Finlandés
    Año: 1991
    Ciudad: Helsinki
    Editorial: Like
    Traductor: Tarja Roinila
35. Traducción: Árabe
    Año: 1991
    Ciudad: Bagdad
    Editorial: Dar Al-Mamun
    Traductor: Marwan Ahmed

Portadas en otros idiomas 1958-2024

Pedro Páramo

ペドロ・パラモ

フアン・ルルフォ作
杉山　晃・増田義郎訳

ペドロ・パラモという名の，顔も知らぬ父親を探して「おれ」はコマラに辿りつく。しかしそこは，ひそかなささめきに包まれた死者ばかりの町だった……。生者と死者が混交し，現在と過去が交錯する前衛的な手法によって，紛れもないメキシコの現実を描出し，ラテンアメリカ文学ブームの先駆けとなった古典的名作。（解説＝杉山　晃）

赤 791-1

岩波文庫

Portadas en otros idiomas 1958-2024

36. Traducción: Japonés
    Año: 1992
    Ciudad: Tokio
    Editorial: Iwanami
    Traductores: Akira Sugiyama
    y Yoshio Masuda
37. Traducción: Portugués
    Año: 1992
    Ciudad: Sao Paulo
    Editorial: Paz e Terra
    Traductor: Eliane Zaguri
38. Traducción: Inglés
    Año: 1994
    Ciudad: Nueva York
    Editorial: Grove Press
    Traductor: Margaret Sayers Peden

39. Traducción: Inglés
    Año: 1994
    Ciudad: Londres
    Editorial: Serpent's Tail
    Traductor: Margaret Sayers Peden
40. Traducción: Griego
    Año: 1996
    Ciudad: Atenas
    Editorial: Pataky
    Traductor: Ioanna Karatsafeni
41. Traducción: Portugués
    Año: 1997
    Ciudad: Sao Paulo
    Editorial: Paz e Terra
    Traductor: Eliane Zaguri

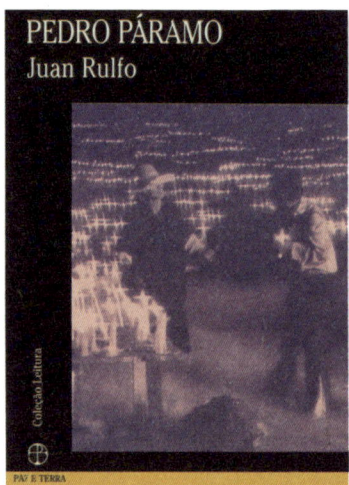

Portadas en otros idiomas 1958-2024

42. Traducción: Holandés (con *El Llano en llamas* y *El gallo de oro*)
    Año: 1997
    Ciudad: Amsterdam
    Editorial: Meulenhoff
    Traductores: J. Lechner y Mariolein Sabarte Belacortu
43. Traducción: Danés
    Año: 1998
    Ciudad: Copenhage
    Editorial: Gyldendal
    Traductor: Annette Rosenlund
44. Traducción: Euskera
    Año: 2000
    Ciudad: Amorebieta
    Editorial: Ibaizabal Argitaletxea
    Traductor: Juan Garzia Garmendia

Pedro Páramo

45. Traducción: Tamil
    Año: 2001
    Ciudad: Masakkalipalayam
    Editorial: Vitiyal Pathippagam
    Traductor: S. Balachandran

46. Traducción: Coreano
    Año: 2003
    Ciudad: Seúl
    Editorial: Minumsa
    Traductor: Chong Ch'ang

Portadas en otros idiomas 1958-2024

세계문학전집 93

뻬드로 빠라모

Pedro Páramo

 후안 룰포 · 정창 옮김

민음사

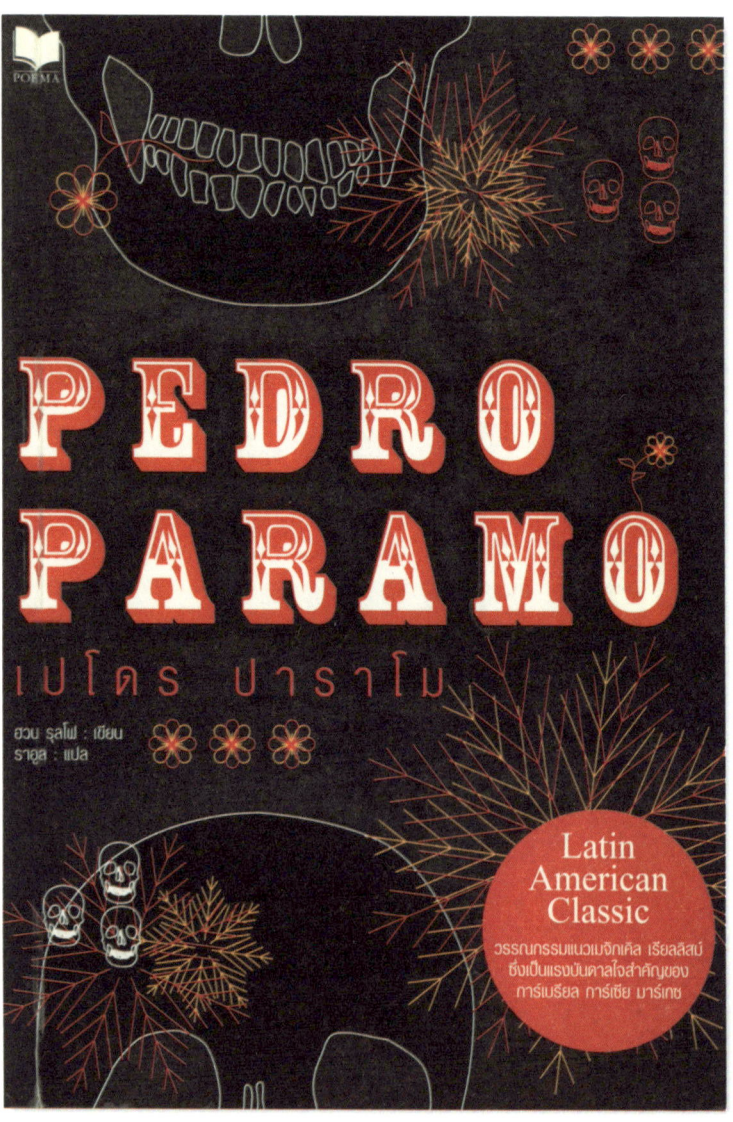

Portadas en otros idiomas 1958-2024

47. Traducción: Tailandés
    Año: 2003
    Ciudad: Bangkok
    Editorial: Poema Books
    Traductor: Raúl N.
48. Traducción: Hebreo
    Año: 2003
    Ciudad: Jerusalén
    Editorial: Carmel Publisher
    Traductor: Rami Saari
49. Traducción: Noruego
    Año: 2004
    Ciudad: Oslo
    Editorial: Verdensbiblioteket
    Traductor: Christian Rugstad

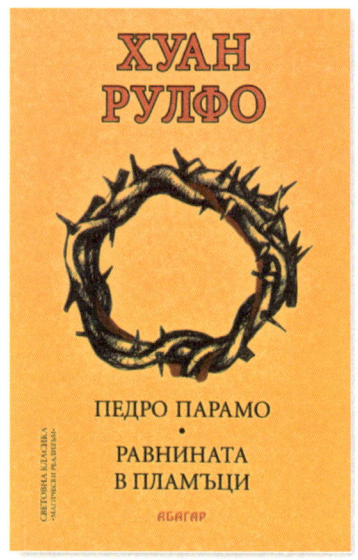

50. Traducción: Portugués
    (con *El Llano en llamas*)
    Año: 2004
    Ciudad: Rio de Janeiro
    Editorial: Record
    Traductor: Eric Nepomuceno
51. Traducción: Búlgaro
    (con *El Llano en llamas*)
    Año: 2004
    Ciudad: Veliko Tarnovo
    Editorial: Abagar
    Traductores: Emilia Tsenkova
    y Valentina Eslovava
52. Traducción: Portugués
    Año: 2004
    Ciudad: Lisboa
    Editorial: Cavalo de Ferro
    Traductores: Rui Lagartinho y
    Sofía Castro Rodrigues

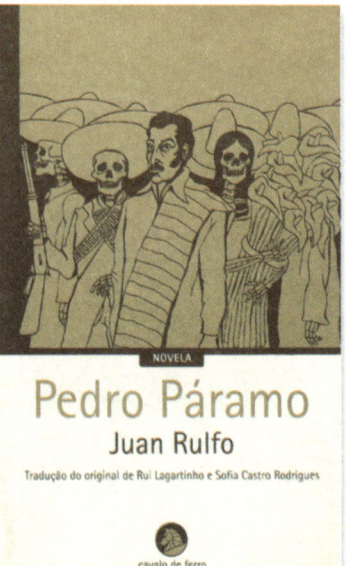

Portadas en otros idiomas 1958-2024

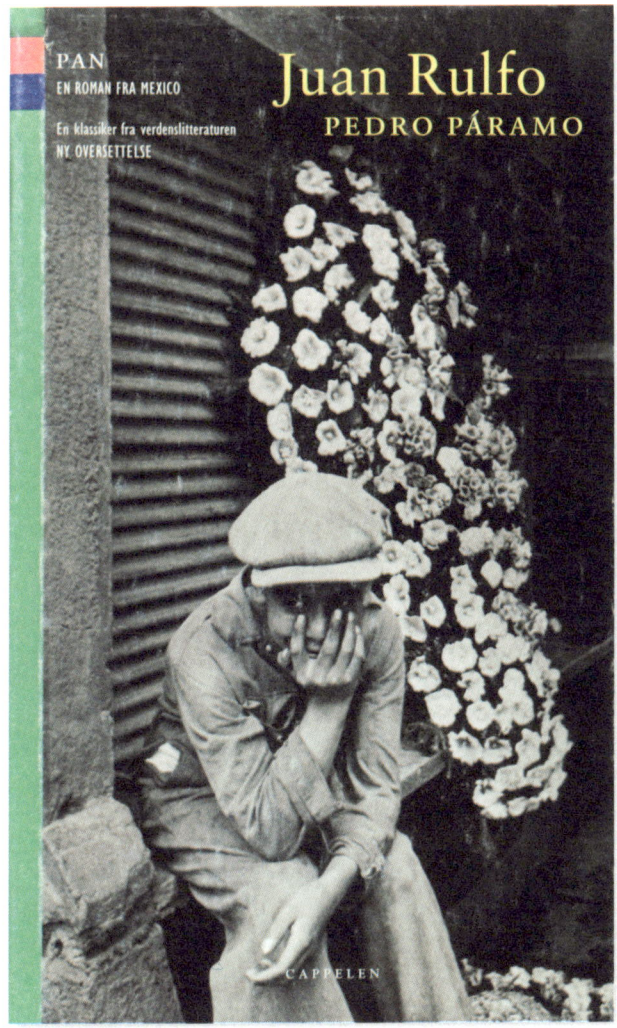

53. Traducción: Noruego
    Año: 2004
    Ciudad: Oslo
    Editorial: J. W. Cappelens
    Traductor: Christian Rugstad

Pedro Páramo

Portadas en otros idiomas 1958-2024

54. Traducción: Italiano
    Año: 2004
    Ciudad: Milán
    Editorial: Einaudi
    Traductor: Paolo Collo
55. Traducción: Lituano
    Año: 2005
    Ciudad: Vilna
    Editorial: Baltos Lankos
    Traductor: Jurga Katkuvienė
56. Traducción: Francés
    Año: 2005
    Ciudad: París
    Editorial: Gallimard
    Traductor: Gabriel Iaculli
57. Traducción: Turco
    Año: 2005
    Ciudad: Estambul
    Editorial: Yapi Kredi Yayinlari
    Traductor: Tomris Uyar

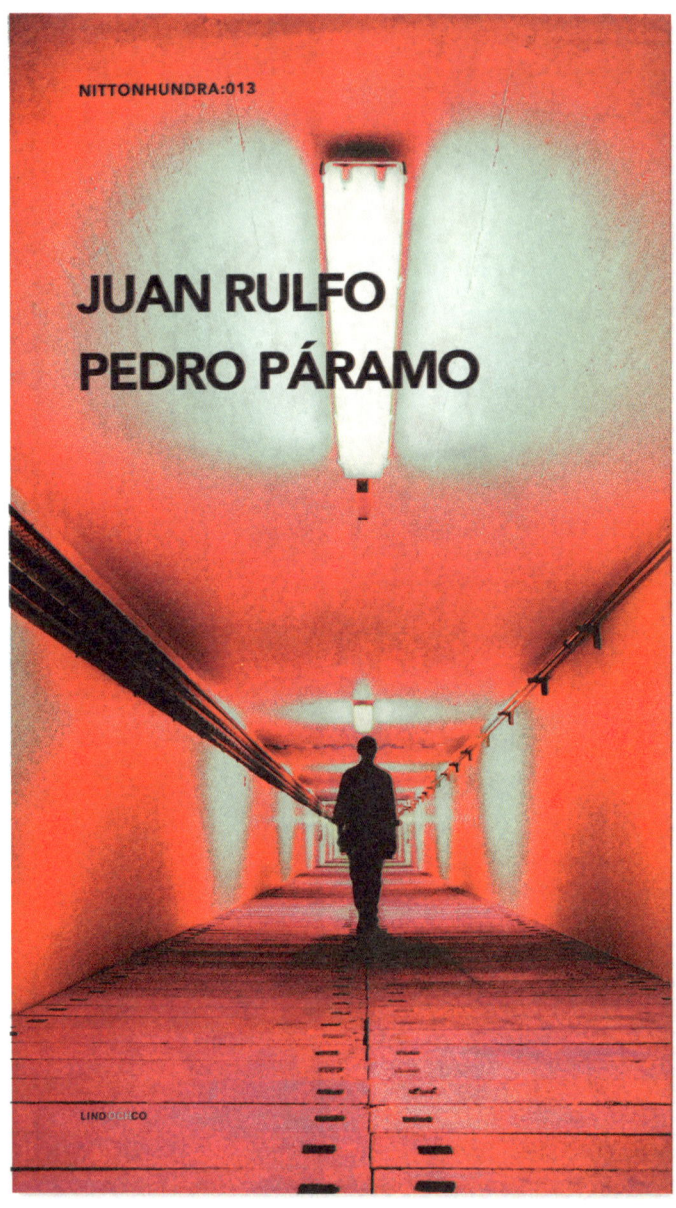

Portadas en otros idiomas 1958-2024

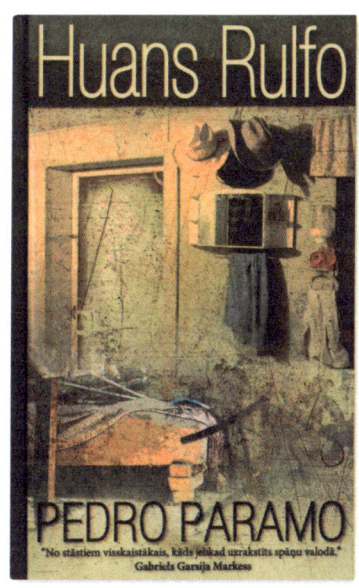

58. Traducción: Sueco
    Año: 2005
    Ciudad: Estocolmo
    Editorial: Lind & Co.
    Traductor: Karin Alin
59. Traducción: Rumano
    Año: 2006
    Ciudad: Bucarest
    Editorial: Rao Inernational Publishing Company
    Traductor: Ileana Scipione
60. Traducción: Holandés
    Año: 2006
    Ciudad: Amsterdam
    Editorial: Meulenhoff
    Traductor: J. Lechner
61. Traducción: Letón
    Año: 2007
    Ciudad: Riga
    Editorial: Atena
    Traductor: Guntis Valujevs

Pedro Páramo

62. Traducción: Chino
    Año: 2007
    Ciudad: Nanjing
    Editorial: Yilin Press
    Traductor: Tu Mengchao
63. Traducción: Griego
    Año: 2007
    Ciudad: Atenas
    Editorial: Pataki
    Traductor: Efi Giannopulos
64. Traducción: Malayalam
    Año: 2007
    Ciudad: Kottayam
    Editorial: DC Books
    Traductor: Jaya Krishnan
65. Traducción: Alemán
    Año: 2008
    Ciudad: Munich
    Editorial: Carl Hanser
    Traductor: Dagmar Ploetz

Portadas en otros idiomas 1958-2024

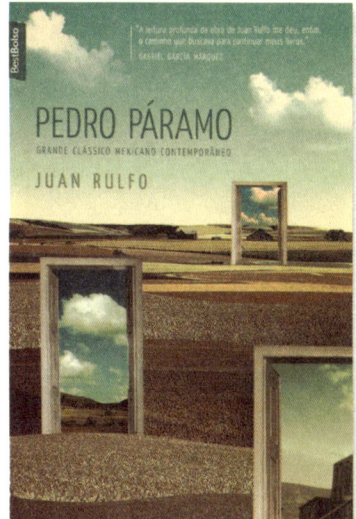

66. Traducción: Gaélico
    Año: 2008
    Ciudad: Dublín
    Editorial: Coiscéim
    Traductor: Tomás Mac Síomóin
67. Traducción: Francés
    Año: 2009
    Ciudad: París
    Editorial: Gallimard
    Traductor: Gabriel Iaculli
68. Traducción: Portugués
    Año: 2009
    Ciudad: Rio de Janeiro
    Editorial: BestBolso
    Traductor: Eric Nepomuceno

Portadas en otros idiomas 1958-2024

69. Traducción: Ruso
    (con *El Llano en llamas*)
    Año: 2009
    Ciudad: Moscú
    Editorial: Corpvs (classica)
    Traductor: P. Glazova
70. Traducción: Portugués (con *El Llano en llamas* y *El gallo de oro*)
    Año: 2010
    Ciudad: Lisboa
    Editorial: Cavalo de Ferro
    Traductores: Rui Lagartinho, Sofia Castro Rodrigues y Virgílio Tenreiro Viseu
71. Traducción: Polaco
    Año: 2010
    Ciudad: Cracovia
    Editorial: Wydawnictwo Znak
    Traductor: Kalina Wojciechowska

72. Traducción: Feroés
    Año: 2010
    Ciudad: Vestmanna
    Editorial: Sprotin
    Traductor: Marianna Hoydal

73. Traducción: Alemán
    Año: 2010
    Ciudad: Munich
    Editorial: Suhrkamp
    Traductor: Dagmar Ploetz

Portadas en otros idiomas 1958-2024

74. Traducción: Árabe
    Año: 2011
    Ciudad: Rabat
    Editorial: Ghani
    Traductor: Abdelghani Abou
75. Traducción: Turco
    Año: 2012
    Ciudad: Estambul
    Editorial: Dogan Kitap
    Traductor: Süleyman Dogru
76. Traducción: Chino (caracteres complejos)
    Año: 2012
    Ciudad: Taipei
    Editorial: Rye Field Publication
    Traductor: Zhang Shuying

Portadas en otros idiomas 1958-2024

77. Traducción: Italiano
    Año: 2014
    Ciudad: Turín
    Editorial: Einaudi
    Traductor: Paolo Collo
78. Traducción: Inglés
    Año: 2014
    Ciudad: Londres
    Editorial: Serpent's Tail
    Traductor: Margaret Sayers Peden
79. Traducción: Húngaro
    Año: 2014
    Ciudad: Csikszereda
    Editorial: Bookart
    Traductor: Andrea Imrei

Pedro Páramo

80. Traducción: Finlandés
    (con *El Llano en llamas*)
    Año: 2014
    Ciudad: Helsinki
    Editorial: Siltala
    Traductor: Tarja Roinila

81. Traducción: Albanés
    (con *El Llano en llamas*)
    Año: 2015
    Ciudad: Tirana
    Editorial: Pika pa Sipërfaqe
    Traductor: Bajram Karabolli
82. Traducción: Georgiano
    Año: 2016
    Ciudad: Batumi
    Editorial: Book in Batumi
    Traductor: Gedea Zubada Iashuili
83. Traducción: Serbio
    (con *El Llano en llamas*)
    Año: 2017
    Ciudad: Belgrado
    Editorial: Dereta
    Traductores: Radoje Tatic
    y Gordana Cirjanic

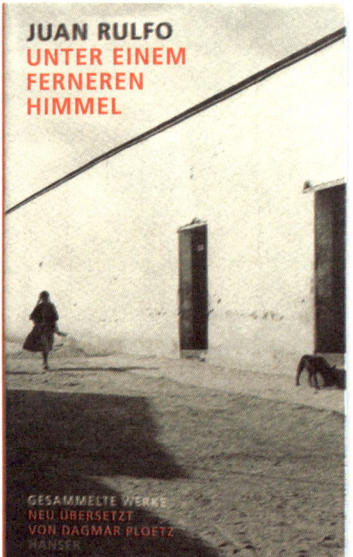

84. Traducción: Esloveno
    Año: 2017
    Ciudad: Ljubljana
    Editorial: Mladinska Knija
    Traductor: Vesna Velkovrh Bukilika
85. Traducción: Euskera
    Año: 2017
    Ciudad: Bilbao
    Editorial: El gallo de Oro Ediciones
    Traductor: Juan Garzia Garmendia
86. Traducción: Alemán (con *El Llano en llamas* y *El gallo de oro y otros relatos*)
    Año: 2021
    Ciudad: Munich
    Editorial: Hanser
    Traductor: Dagmar Ploetz

Portadas en otros idiomas 1958-2024

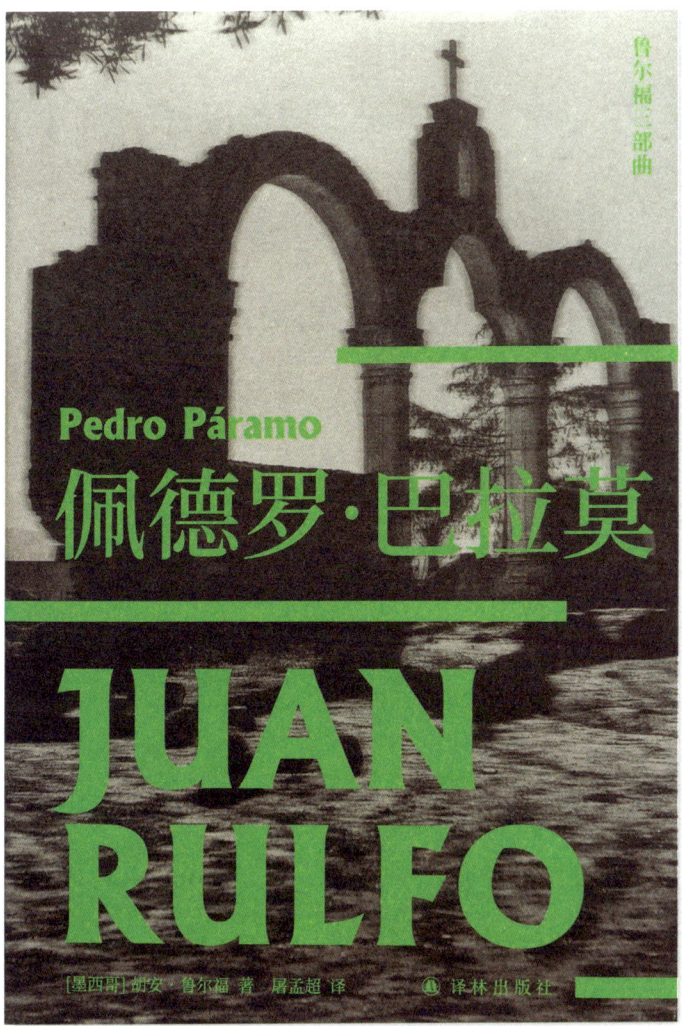

87. Traducción: Chino
    Año: 2021
    Ciudad: Nanjing
    Editorial: Yilin Press
    Traductor: Tu Meng Chao

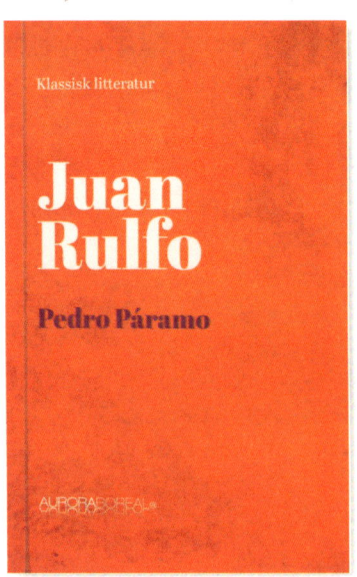

88. Traducción: Malayalam
    Año: 2022
    Ciudad: Kottayam
    Editorial: DC Books
    Traductor: Jayakrishnan
89. Traducción: Rumano
    Año: 2022
    Ciudad: Bucarest
    Editorial: Curtea Veche
    Traductor: Ileana Scipione
90. Traducción: Danés
    Año: 2023
    Ciudad: Copenhague
    Editorial: Aurora Boreal
    Traductor: Paul Klitnaes
91. Traducción: Bengalí
    Año: 2023
    Ciudad: Dhaka
    Editorial: Pathak Shamabesh
    Traductor: Anisuz Zaman

Portadas en otros idiomas 1958-2024

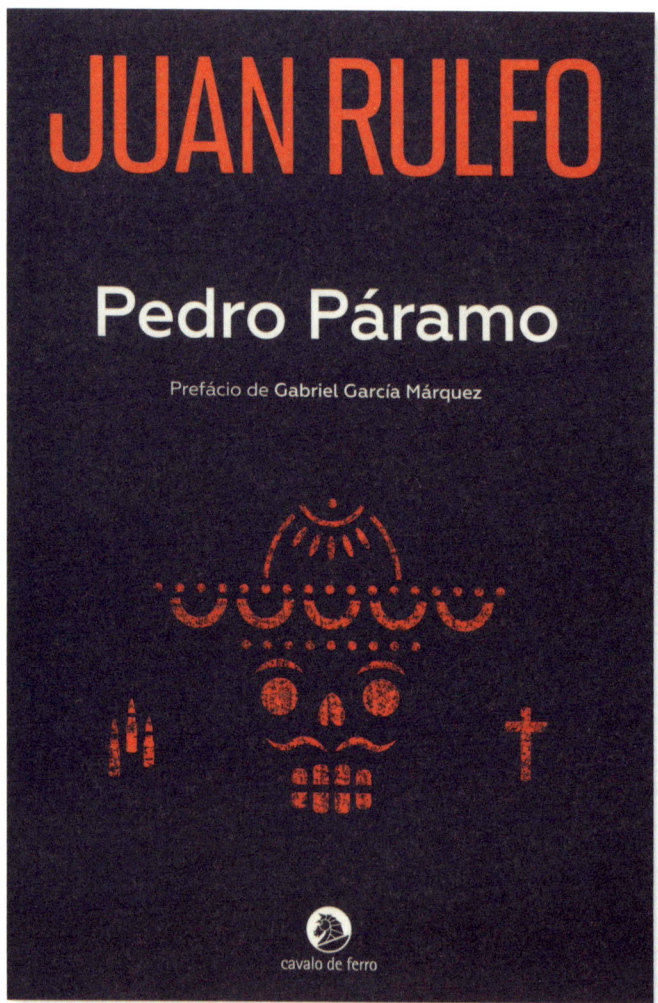

92. Traducción: Portugués
    Año: 2023
    Ciudad: Lisboa
    Editorial: Cavalo de Ferro
    Traductores: Rui Lagartinho
    y Sofia Castro Rodrigues

93. Traducción: Inglés
    Año: 2023
    Ciudad: Londres
    Editorial: Serpent's Tail
    Traductor: Douglas J.
    Weatherford

Portadas en otros idiomas 1958-2024

PEDRO PÁRAMO

"One of the masterpieces of twentieth-century world literature." —Susan Sontag

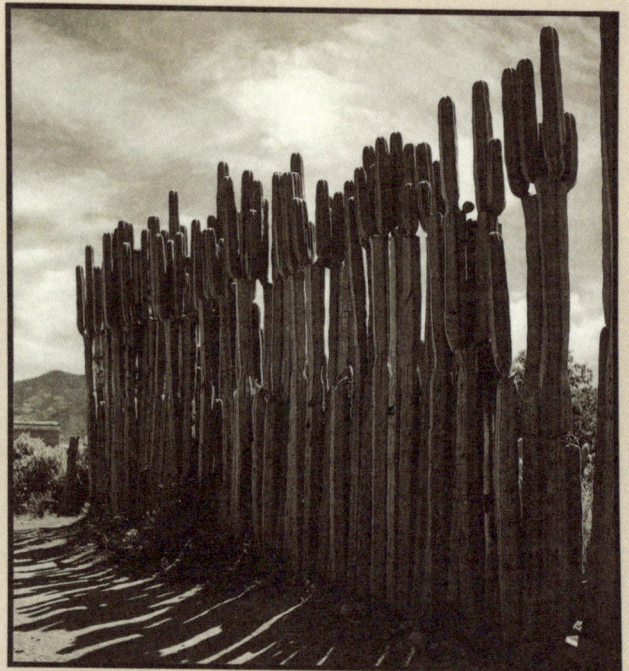

JUAN RULFO
WITH A FOREWORD BY
GABRIEL GARCÍA MÁRQUEZ

A NEW TRANSLATION BY
DOUGLAS J. WEATHERFORD

Portadas en otros idiomas 1958-2024

94. Traducción: Inglés
    Año: 2023
    Ciudad: Nueva York
    Editorial: Grove Press
    Traductor: Douglas J. Weatherford
95. Traducción: Ruso
    (con *El Llano en llamas*)
    Año: 2024
    Ciudad: Moscú
    Editorial: Eksmo
    Traductor: Elena Petuhova
96. Traducción: Guaraní
    Año: 2024
    Ciudad: Asunción
    Traductor: Susy Delgado

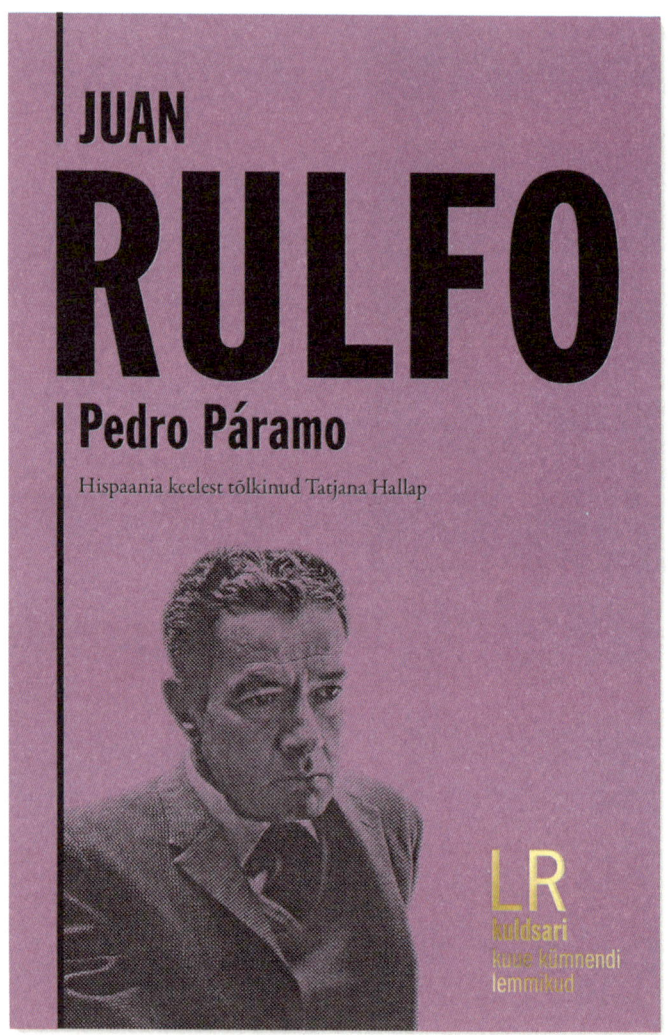

97. Traducción: Estonio
   Año: 2024
   Ciudad: Tallin
   Editorial: Loomingu
   Traductor: Tatjana Hallap

Pedro Páramo. 70 años
Primera edición

Textos
© Juan Rulfo. Herederos de Juan Rulfo

Imágenes
© Juan Rulfo, Archivo de la Fundación Juan Rulfo
Cubierta: Fotografía de Juan Rulfo, *Acceso a un atrio*,
década de 1940.

Editor: Víctor Jiménez
Dirección creativa: Ramón Reverté
Coordinación editorial: María Teresa González
Diseño: José Luis Lugo
Escaneo y preprensa: Agustín Estrada

D.R. © 2025
Juan Rulfo. Herederos de Juan Rulfo

RM Verlag, S.L.
C/Loreto 13-15 Local B
08029, Barcelona, España

Editorial RM, S.A. de C.V.
info@editorialrm.com
www.editorialrm.com

ISBN RM Verlag: 978-84-10290-10-5
Depósito legal: B 22362-2024

RM #503

Impreso en España por Liberdúplex
Diciembre, 2024

Todos los derechos reservados. Prohibida la reproducción
total o parcial de esta obra por cualquier medio
o procedimiento, comprendida la reprografía y el
tratamiento informático, la fotocopia o la grabación,
sin la previa autorización por escrito de los editores.

Pedro Páramo de Juan Rulfo, edición conmemorativa 70 años, se terminó de imprimir en el mes de diciembre de 2024, en los talleres de Liberdúplex en la ciudad de Barcelona, España. El tiro de 15,000 ejemplares. MÉXICO · MMXXIV.